人間福報 新聞詞彙，你用對了嗎？

人間福報編印

目 錄

Chapter 2

字詞篇

Chapter 3

國際篇

Chapter 4

運動篇

Chapter 5

新冠篇

序

一字一世界

文／妙熙（人間福報社長）

　　《人間福報》於公元2000年創報，當時辦公室裡有一座鐵灰色書櫃，陳列許多編輯工具書，類別有「編輯手冊」、「新聞編輯學」、「新聞採訪與寫作」、「新聞辭典」等。對初入門的人來說，都是非常實用的教科書。

　　我經常流連在書櫃前，翻閱著一本本書目。一位新聞界前輩看我如此愛不釋手，說了這麼一段話：「當一家報社開始出版『編輯手冊』或『新聞常用語辭典』時，代表對文字已具備一定的責任感，也意謂上軌道了！」

　　這句話深深地烙印在腦海裡，心想：何時《人間福報》也能出版這樣一本書呢？

　　創報之初，忙於應付每日龐雜的新聞內容，可說是日日兵荒馬亂，難免吃燒餅掉芝麻，芝麻比喻錯字之意。

稍有不察就會出現錯別字、同音字、同義字、形近字現象，使得一份報紙前後用語不同，容易讓讀者產生混淆。

　　倘若隔天見報發現有錯字，對視文字如生命的編輯來說，真如「三百矛刺心」般懊惱與痛苦。

　　為防止這種情況，我們著手蒐集常見的錯別字及字詞等，不定期開會逐一檢討，從錯誤中累積經驗。

　　多年來，我也陸續購得不同出版社的新聞工具書，類別如「新聞字詞對照」、「新聞常用語中英對照」、「兩岸差異詞」等多加參考。

　　直到2013年，擔任總編輯後，才正式籌組社內對文字嫻熟具經驗的主管和資深主編等，制訂福報編輯規範，包含新聞體例、標題字、標點符號、統一用字等。

　　同時，將多年累積的詞彙重新匯整，做有系統的歸納，甚至把經常使用的成語也納入。請美編依注音符號順序編排，成為社內編輯的數位工具書，為此書的基本雛形。

以統一用字來說，如：報紙屬於通俗文學，字詞應更具通俗性和簡易性，如「晒」和「曬」為異體字，則取筆畫較簡的「晒」。

以下再舉幾個例子：

簡易性：

「手表」通「手錶」，採用「表」。

「獎杯」通「獎盃」，採用「杯」。

「連繫」通「聯繫」，採用「連」。

※同音字：

「配」戴眼鏡、「佩」戴飾品。

「盪」鞦韆、坦「蕩」、浩「蕩」。

雖然同音，但用法不同，需稍加留意。

※成語

「可見一斑」常誤寫成「可見一般」。

「釜底抽薪」常誤寫成「斧底抽薪」。

「委曲求全」常誤寫成「委屈求全」。

然而，中文的統一字表仍不盡完善，隨著國際、體育、科技

新知等國際新聞量的增加，隨之而來的複雜譯名，也面臨到需要統一字詞的問題。

後委任副總編輯劉延青接續帶著編輯，利用工作之餘，逐步完成國際用語的統一，蒐羅常用語，包含國名、地名、人名、國際組織等譯名。

如，前美國總統Donald John Trump是譯成「特朗普」還是「川普」？

美國前國務卿 Hillary Clinton是譯成「希拉里」還是「希拉莉」、「希拉蕊」？

俄羅斯總統Vladimir Putin是譯成「普亭」還是「普丁」、「普廷」、「浦亭」？

以上這些鼎鼎有名的大人物，他們的譯名早已約定俗成，然往往是較陌生的新人剛浮上新聞版面時，容易產生多種譯名的情況。

如此，也耗費數年才將國際譯名的統一字匯集成型。畢竟新

聞不是歷史，是日日更新、月月不同的資訊，統一字雖已成書，仍永遠都需要不斷增添與修正。

這本書是《人間福報》在新聞上的統一用字，可以明辨字詞用法上似是而非的觀念，然也有許多並非真正屬於錯字，而是福報新聞判斷上的選擇，提供大眾一些參考。

《新聞詞彙，你用對了嗎？》這本書終於出版了，編輯過程歷經十幾年，宛如烏龜慢速前行，在歷史長流裡，不過電光石火，但總是無數人的生命累積。

我要感謝所有為這本書付出過的同仁，是你們用聚沙成塔的耐心與毅力，在字裡行間來回琢磨才能成就的。

感謝你們在經歷無數「三百矛刺心」之痛後，鼓起勇氣，在文字大海中勇敢向前，只為給予讀者最高的閱讀品質，將正確的字詞，流傳千古。

所謂「一花一世界」，我們看待文字猶如「一字一如來」，願將般若智慧，獻給每一位有緣閱讀此書的人。

編者的話

文／柴松林（人間福報總主筆）

　　本手冊之編製，供同仁從事媒體工作之參考，內容廣泛，篇幅較多，在查參時請注意以下諸端。

1. 編輯流程，由搜稿、集稿、交稿、改稿、下標至交版，全部時間只六小時；無論補充、修正、標題一連串工作，務必依順序時程完成。

2. 新聞事件之正在發生者，應隨時修正補充，並擬定繼續之採訪計畫。

3. 新聞事件之採用應考慮其影響性、爭議性，受傷害或獲利益的比重，務期公允。

4. 美編在色彩調配，尤其在套色，反白等時，應慮及閱讀時之舒適度與明亮度。

5. 無論標題、內容，對於過分極端之字詞宜慎重考慮，非必要時不宜採用。

6. 新聞編寫無論其呈現方式為何，皆以音聲文字為主，同音異形、異義或其類似等情形，宜多加辨別。

7. 對成語、諺語、典故等在引用時，尤宜考慮其適當性，古今歧義性，或別有他解否，務求合宜。

8. 因漢字有繁簡之分，正俗之別，常需互譯，對應字詞之選擇，常有錯誤，宜多加分辨。

9. 新聞編寫版面不宜出現與報導新聞無關之圖片；所用圖片，務請標示出處。

10. 度量衡、數字及單位不同時請換算公制；貨幣金額因幣制不同，宜換算為本國貨幣或標明兌換率。

11. 對國外新聞來源不宜僅用外電報導一筆帶過，宜追查其來源之出處，如大道社、塔斯社、經濟學人等。

12. 對常見之國際組織、國家、地區、都市、種族、政黨、領袖人物、獎項等應用一致且常見之譯名；若有不同譯名宜稍加說明或以符號標明。

13. 字詞篇應詳讀，以免出錯；本報為人間佛教發行之報紙，有特定之詞語，請尊重採用。

14. 在國際篇對應世界各國之概況、地名、政府組織、重要人名、首長之官階職務，各有不同，且常更易，宜隨時留意，以免誤用。

15. 對於運動賽會之名稱、俗名、綽號之譯名應熟悉並正確引用。

16. 世界情勢，社會偏好，未來走向時時變化，務請同仁不倦學習，增長新知，開拓視野，裨益讀者，造福社會。

一本有用的新聞工具書

文／楊錦郁（人間福報總監）

　　《人間福報》是星雲大師以文化弘揚佛法的報紙，創刊於2000年，2020年過20歲生日的時候，出版了《改變‧守護‧深耕》，具體展現報社努力不懈，追求人間淨土的願心，並且與時俱進，深耕尺幅卻胸懷大千世界。

　　古有所謂才學識德之說，本指歷史學家，可擴大指各行各業凡涉公眾事務之執事者。要談深耕，則行為主體必須健全，有其才、有其學、有其識、有其德。我們今談報業，生產的一方就是編採人員，「採」提供稿件，「編」將眾稿妥為處理編排，這樣的人需要什麼樣的條件，要聰明，反應要快；要有專業的知識技能，基本功要紮實；要見多識廣，眼光獨到，要有高超的道德品格等。如要面面俱到，一本大書也講不完。

　　《人間福報》出版《新聞詞彙，你用對了嗎？》，說明經營者回到最根本的地帶，從「學」上訴求，旨在強化編採力，目的

新聞詞彙，你用對了嗎？—序

當然是報紙品質的提升。如所周知，當前紙媒式微，其他媒介爲生存而頻走偏鋒，《人間福報》爲編採訂標準作業流程，辨正字詞，連字體字級、標點符號都要正本清源，更有意思的是譯名問題，確實需要一致。

　　原本可能只是編輯部的教戰手冊，現在正式出版，多少有呼喚同行一起來關心的意味，此外，對於有志於從事編採工作的年輕朋友，這無疑是一本有用的新聞工具書。

字的規範，讓我們的新聞產品，不致出現前後不符、張飛打岳飛的紕漏。

　　洋洋灑灑兩百餘頁的新一代編採工具書，望似壯觀，但蘊含的內在精神更重要；期許我們在新聞生產線上，具備更高度的負責勇氣、細緻用心，讓《人間福報》好還要更好。

Chapter 1

編輯篇

一、新聞編輯流程

編輯中心

14：30～15：30　**15：30～16：30**

稿單製作　　　　　　　編前會

14：30
編輯到班、
記者進稿單

1. 總分稿分稿；
2. 編輯搜尋新聞、集稿，
   15：30之前稿單出手送交
   採訪主任（編輯→核稿→
   採訪主任）。

1. 各版編輯依序報稿單，並針對新聞
   提出想法、建議，不須逐字念稿。
   與此同時，他版編輯宜繼續更新新
   聞進度，補充稿單。
2. 確認頭題及要做的新聞等，視新聞
   內容請記者補充或由編輯彙整。
3. 檢討當天報紙版面。
4. 編輯作業以總編輯審核認可的總稿
   單為依據。

16：00～19：30
編輯台作業

19：30～20：30
編輯組版

1.編輯改稿、下標，並隨時
　注意新聞進度。
2.頭題、頭圖送總編輯
　（編輯→核稿→總編輯）。

20：30～21：00
版面出樣

＊各版頭題標題(含副題)須
　經由總編輯核定方可變更
　；大樣修改後，呈交終極
　版清樣，經總編輯核可方
　得交版。

21：00
交版

新聞詞彙，你用對了嗎？── 編輯篇

採訪中心

18：00

第一階段截稿

（非發生中之
新聞事件）

19：00

第二階段截稿

14：30

記者報稿

1.稿單完整陳述新聞事件的時間、地點、
　人物等3要素，並做扼要說明。
2.配合新聞事件發展，得在既定稿單之
　外，增補採訪、發稿作業。

21：00

呈交當日工作日誌

內容：1.當日見報新聞比較
　　　2.採訪線上相關事宜、參考消息
　　　3.次日採訪計畫

相關說明 － 責任層級

總編輯	決定及審核各版頭題、頭圖、版面及方向。
副總編輯 總分稿	協助掌握新聞發展,更新新聞進度。
採訪主任	彙整所有稿單,掌握、連繫記者發稿,確認次日採訪計畫。
編輯主任	掌握編輯流程進度、美編配合作業。
核稿	新聞內文正確性(用字、常識性知識),標題吸引力。
編輯	外稿須改寫,文句通順,用字正確,下標題。 保持版口乾淨,並以●標示要用的稿子,註明頭題、次題。

稿單重點

1. 就當日新聞重要性，依序排列。

2. 文字俐落，寫出重點，如：首位、首次……。

3. 標出預設的頭題、頭圖、二題、配稿等。

4. 尚未有頭題、頭圖等也提出，再與核稿、總編輯討論。

5. 標出須等待的重要新聞，如：稍晚公布失業率。

選稿角度

1. 就新聞重要性與核稿充分討論，遇有疑義難決的新聞題材，請示總編輯。

2. 判斷新聞造成的影響性，是否適合福報。

3. 即時新聞為主，過期新聞應尋找不同角度處理。

4. 發現別版新聞，可相互告知，提供訊息；發現新聞屬性有重疊者，相互通報，並請示主管如何分派。

5. 人情趣味、具故事性、可讀性高的文稿，可軟化版面。

其他
注意事項

1. 截稿後，交給編政同仁有寫圖片數字及出處的大樣，務必用「清樣」。

2. 所有編輯傳完「落版單」後，再回傳總編輯，確認有廣告的版面編輯已簽名。

3. 文字欄高限制22字。

4. 底色漸層低於50%，底色要在10%以下。

5. 新聞照片盡量不做美編效果，以保持新聞的眞實樣貌，不至失眞。

6. 新聞照片若爲資料照，應於圖說註明，以免時序混淆。

7. 新聞事件爲負面或災難，照片的當事人或兒童應於臉部打馬賽克，避免造成困擾。

8. 藝文版面的設計，宜簡不宜繁，宜雅不宜雜，宜質不宜粗，皆不宜過度美編。

二、訊頭

長題訊頭	
人間福報記者及同仁撰寫	【記者○○○台北報導】、 【實習記者○○○台北報導】、 【記者○○○特稿】
人間社記者撰寫	【人間社記者○○○大樹報導】、 【人間社記者○○○倫敦報導】 （不論法師、佛光會員、義工，皆掛本名，盡量避免使用筆名）
非人間福報及人間社記者撰寫	A.國內：【本報○○訊】 B.國外：【本報綜合外電報導】 C.中國大陸：【本報綜合報導】
PS.新聞併稿時，記者掛名至多以3人為限。	

圖說來源	
搭配新聞圖說	
報系記者	人間福報記者：圖／記者○○○ 人間社記者：圖／人間社記者○○○

非報系	聯合報系記者：圖／○○○ 中央社圖片：圖／中央社 活動單位給的圖片：圖／○○○提供 外電照片：圖／路透、法新社、美聯社、新華社、中新社 聯合報或人間福報的檔案照片：圖／資料照片
置於新聞內文的圖說	（見圖／○○○），因電子報會無圖說，避免使用

獨立文與圖

報系記者	人間福報記者：文與圖／記者○○○ 人間社記者：文與圖／人間社記者○○○
非報系	文／記者○○○、人間社記者○○○（文稿經福報編輯或記者改寫過，可掛記者名；文未經大幅改寫不掛記者名，僅掛圖片來源，如外電圖說掛法） 圖／記者○○○、人間社記者○○○、路透、法新社、美聯社、中央社、新華社、中新社、取自網路、○○○提供

活動單位提供的文稿、圖片	文與圖／○○○提供		
專題訊頭			
單篇報導	【記者○○○專題報導】、文／○○○		
整版報導	文／記者○○○專題報導 整理報導／編輯○○○ （文鼎仿宋B18級字）		
	圖／路透、法新社、美聯社 （文鼎仿宋B18級字）		
	專題報導、攝影／記者○○○ （文鼎仿宋B18級字）		

文／記者鍾亞芳專題報導
圖／PLG、新竹攻城獅隊提供、資料照片

PLG元年成功炒熱台灣的籃球氣氛，例行賽結束後，桃園領航猿隊及福爾摩沙台新夢想家隊在季後挑戰賽打滿5場分出高下；夢想家隊取得與台北富邦勇士隊爭冠資格，無奈打完4戰，總冠軍賽因新冠疫情而叫停，最後聯盟裁定，富邦勇士隊奪得PLG史上首座總冠軍。

PLG賽事，吸引很多小球迷現場觀戰。

新聞詞彙，你用對了嗎？ — 編輯篇

藝文版	
單篇文章	文／○○○
撰文、攝影 非同一人	文／○○○　　圖／○○○ 文／○○○　　圖／記者○○○ （文與圖中間空一格）
撰文與攝影 同一人	文與圖／○○○ 文與圖／記者○○○
活動單位提供 照片及文稿	文與圖／佛光緣美術館○○館提供
活動單位提 供照片	圖／佛光緣美術館○○館提供
配合長文的 圖說	圖／記者○○○、圖／○○○ 繪圖／○○○
演講稿整理	講述／○○○　　整理／○○○ 圖／○○○
烹飪	文／○○○　　圖／○○○ 料理示範／○○○

三、字體／字級

新聞版	
頭題	維持二行題，二題以下以一行題為主
通欄	頭題不一定要通欄，但必須維持頭題字級的大小
表格	盡量運用表格，將複雜的文字格式化，較易閱讀；數目用阿拉伯數字
標題字體	
頭題 （一～十版）	方正超粗黑／ 字反白（限頭題使用）／ 通欄頭題 x84 y100／110級／ 數字、英文：方正超粗黑 y120 副題：黑體28級 x100 y90

百億元
嚴控是政策，非針對台商

二題	方正粗黑
百億元百億元 百億元	
其他	方正黑體、方正平黑 數字、英文白七斜

例 1.方正黑體

題題題題題題

例 2.方正平黑

題題題題題題

例 3.方正平黑+數字、英文白七斜

租單車遊巴黎
首日1.5萬人Fun輕騎

變體字　　（人名 / 地名 / 諧音）

頭題方正超粗黑改紅字勾0.75公釐白邊，或選用黃
色就不勾邊；反白、黃字勾0.25黑邊

C
M
Y100
K

C10
M100
Y100
K

黑體改粗黑70%

火籠取暖 古意盎然

新聞詞彙，你用對了嗎？　｜　編輯篇

專欄

欄名放置單向漸層色帶內，方正黑體 x100 y90 / 24級 / 字靠左

欄名放置色帶或雙向漸層色帶內，方正黑體 x100 y90 / 24級 / 字居中

定期稽查

標題粗黑

定期稽查

標題粗黑

定期稽查

標題粗黑

ps：

1.特殊專欄例外，如社論

2.作者名，放置文前18級文鼎仿宋B，如：文／○○○

3.系列專欄數字18級反白，放於欄名後，如：❶❷......

引題	
色帶	藍色底黑體字反白，字居中。一個版一次最多二個，特殊情況例外，不加夾註號【】 新聞集錦
單向漸層色帶	色底黑體字反白，字居左 新聞集錦
雙向漸層色帶	黑體字反白，字居中 新聞集錦
固定標籤	新　聞　集　錦

新聞詞彙，你用對了嗎？　—　編輯篇

標籤	藍色底或紅色底，黑體字反白 （段落格式：引題） C65　M25  Y100　M100 

簡訊–集錦

欄名：一律橫放，若太寬，色帶用漸層
內文：分直式與橫式二種
標題：集錦小標（段落格式）
1.橫式：內文走橫排

佛光橋

台北 *300*人持齋戒

　　佛光山台北道場18日舉行八關齋戒，首先
以誦讀星雲大師〈為聽經聞法者祈願文〉揭
開序幕。近300名戒子攝心守意，期能如法
受持、清淨領納一日一夜持戒功德。

2.直式：內文走直排

新聞集錦

新聞集錦

DHL新運務

政府全力推動發展桃園航空城，德商國際快遞DHL二十四日將啓用桃園國際機場新運務中心，處理貨件效能提高三倍，有助未來招商，是航空城發展一大利基。

立院解凍

立法院社福及衛環委員會昨天討論內政部九十八年預算解凍案。社福及衛環委員會通過，准予內政部動支九十八年度預算案中關於「工作所得補助方案」。

框線–色塊

1.版內重點新聞用粗框0.5公釐，灰40%

2.專欄為黑細框0.1公釐，除了二版社論

3.色塊有三個選擇

Y10K3（淺黃）　　K8（灰）　　　C10（淺藍）

4.頭版常用底色

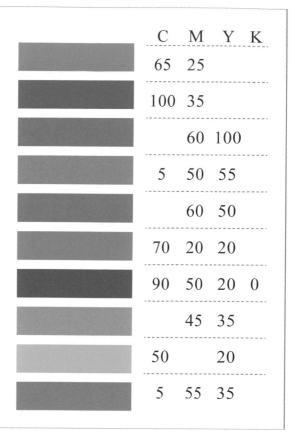

C	M	Y	K
65	25		
100	35		
	60	100	
5	50	55	
	60	50	
70	20	20	
90	50	20	0
	45	35	
50		20	
5	55	35	

小標

樣式：黑字藍線、色字橘線
段落樣式：
1.小標色字
2.小標二行_右+小標二行_左

請旅行社做
行前說明時

低著頭大聲的說

新聞詞彙，你用對了嗎？ — 編輯篇

靜態版	
標題字體	
周一～五大題	字體：方正超粗黑 字級：90-100Q
周六日大題	字體可依版面屬性作調整 字體：方正超粗黑、文鼎超明為主 字級：90-100Q ＊標題效果可用書法字

例 1. 方正超粗黑

題題題

例 2. 文鼎超明

題題題

次題	字體：文鼎黑體、文鼎楷體 字級：45-55Q
	例 1.文鼎黑體 題題題題題題 例 2.文鼎楷體 題 題 題 題 題 題
小題	字體：文鼎黑體 字級：36Q
	題題題題題題
作者	字體：文鼎仿宋 字級：18Q
引言	字體：方正平黑 字級：17Q（需空一個字）
	文文文文文文，文文文文文文文 文文文文，文文文文文文文文。

小標	字體：文鼎黑體 字級：20Q 段落樣式：07-小標（首0一行題）

文文文文文文文文文文，文文文文文
文，文文文文文文文文文文文。

<u>題題題題題題題</u>

文文文文文文文文文文，文文文文文
文，文文文文文文文文文文文文。

內文	字體：方正平黑 字級：15Q 有時某段文字爲了區別內文，可採 用文鼎楷體 （趣味多腦河：文鼎楷體／18Q； 少年天地：文鼎標楷注音／17Q）

文文文文文文，文文文文文文文文文文，
文文文文文文文文文文文文文文文文，
文文文文文文文文。文文文文文文文文。

**＊反白字一律使用粗黑
（包括內文、圖說、引言、作者）**

周六、日用色	每周固定一色，顏色最好配在大標上，若當周版面不適合該顏色，可用在版面其他處，讓整體視覺還是有當周顏色 當周顏色可用於線條、色塊、二題或插標

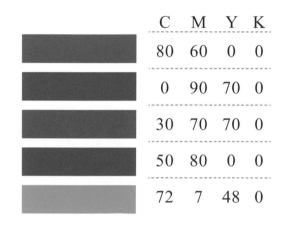

	C	M	Y	K
	80	60	0	0
	0	90	70	0
	30	70	70	0
	50	80	0	0
	72	7	48	0

四、圖片／圖說

圖片、圖說

1. 圖片說明：關係一目了然時，可不用箭頭

2. 每個版面都要有主照片的概念，有兩張以上圖片時，主照片與其他照片要有相當落差

正常版圖說題

標題：黑體28Q（段落格式：圖題）
圖說：14級文鼎黑體，不另加底色。如有需要，可加8%灰底

例 **意外受傷**
左圖為一年前因潛水意外受傷的十五歲女孩
席琳連恩，正在接受治療。　　　圖／美聯社

變體版圖說題

標題：黑體字改紅色、變新秀麗拉長

例 **選美世家、選美世家**

圖說位置

以下圖例，爲圖片與圖說處理形式的基本規範，如有特殊案例，亦可發揮創意

一張圖與圖說（外框40%灰，0.5公釐）

圖說橫標

圖說圖說圖說圖說。　圖／○○○

圖說圖說圖說圖說圖說。　圖／○○○

圖說直標

圖說圖說圖說圖說圖說。　圖／○○○

圖說直標

兩張圖與圖說
（橫標，外框40%灰，0.5公釐）

標題

↑圖說圖說圖說圖說
圖說圖說圖說圖說。
圖／○○○

標題

←圖說圖說圖說圖說
圖說圖說圖說圖說。
圖／○○○

標題　圖說圖說圖
　　　說圖說圖說。
　　　圖／○○○

標題　圖說圖說圖
　　　說圖說圖說。
　　　圖／○○○

新聞詞彙，你用對了嗎？　——　編輯篇

圖說橫標

圖說圖說圖說圖說。　　　　　　　　　圖／○○○

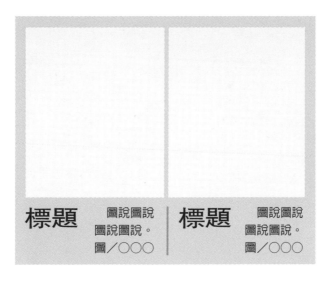

標題　圖說圖說
　　　圖說圖說。
　　　圖／○○○

標題　圖說圖說
　　　圖說圖說。
　　　圖／○○○

兩張圖與圖說
（直標，外框40%灰，0.5公釐）

圖說直標

圖說圖說圖說圖。
圖／○○○

圖說圖說圖說圖。
圖／○○○

圖說直標

圖說圖說圖說圖。
圖／○○○

圖說直標

圖說圖說圖說圖。
圖／○○○

➡圖說圖說圖
說圖說圖說圖。
⬇圖說圖說圖
說圖說圖說圖。

說　↑　說　➡　圖
圖　說　圖　說　說
圖　圖　說　圖　圖
說　說　圖　說　說
圖　圖　說　圖　圖
說。　說　。　說　說
　　　圖　　　圖　。

↑圖說圖說圖說
圖說圖說圖。
←圖說圖說圖說
圖說圖說圖。

多張圖與圖說（外框40%灰，0.5公釐）

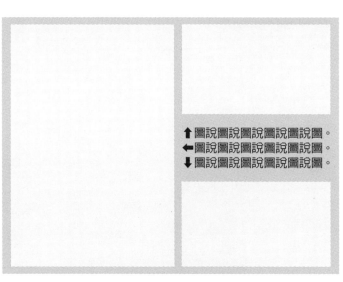

⬆圖說圖說圖說圖說圖說圖。
⬅圖說圖說圖說圖說圖說圖。
⬇圖說圖說圖說圖說圖說圖。

⬆圖說圖說圖說
圖說圖說。

（⬇圖說圖說圖
說圖說。）

（⬆圖說圖說圖
說圖說圖說。）

⬅圖說圖說圖說
圖說圖說圖。

➡圖說圖說圖說圖說圖說。
（⬇圖說圖說圖說圖說。）

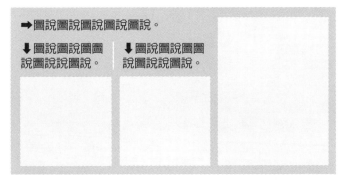

⬆圖說圖說圖說圖說圖說。
（⬅圖說圖說圖說圖說。）

➡圖說圖說圖說圖說圖說。

⬇圖說圖說圖圖說圖說說圖說。　⬇圖說圖說圖圖說圖說說圖說。

說圖說圖說圖　⬇圖圖說圖說圖　圖說圖說圖　（➡）圖說圖圖說圖說。

圖說圖說　（⬅）圖說圖說圖說。　說圖說圖說圖　⬇圖圖說圖說圖

【記者鍾亞芳報導】PLG元年成功炒熱台灣的籃球氣氛，例行賽結束後，桃園領航猿隊及福爾摩沙台新夢想家隊在季後挑戰賽打滿5場分出高下；夢想家隊取得與台北富邦勇士隊爭冠資格，無奈打完4戰，總冠軍賽因新冠疫情而叫停，最後聯盟裁定，富邦勇士隊奪得PLG史上首座總冠軍。

PLG賽事，吸引很多小球迷現場觀戰。

【記者鍾亞芳報導】PLG元年成功炒熱台灣的籃球氣氛，例行賽結束後，桃園領航猿隊及福爾摩沙台新夢想家隊在季後挑戰賽打滿5場分出高下；夢想家隊取得與台北富邦勇士隊爭冠資格，無奈打完4戰，總冠軍賽因新冠疫情而叫停，最後聯盟裁定，富邦勇士隊奪得PLG史上首座總冠軍。

多小球迷現場觀戰。PLG賽事，吸引很

→由左至右

五、表格

文鼎黑體22-24Q

$ 兩岸近年通匯金額

老莫	的第二個春天	的第二個春天
落山	稻草人落山風	稻草人
野鴿	落山風落山風	落山風
香蕉由	小人物、香蕉天堂	小人物、香蕉天堂
鴿子	魔法阿媽（配音）	魔法阿媽（配音）
生死	野鴿子	野鴿子
山丘由	自由門神	自由門神

資料來源／人間福報　製表／人間福報編輯部

文鼎黑體13Q

文鼎黑體17Q以上

文鼎黑體B　16Q以上

富比世全美10大富豪排行榜

姓名	財產	來源	相較2014的增減
蓋茲	760億	微軟	▼50億
巴菲特	620億	巴克夏	▼50億
艾里森	475億	甲骨文	▼25億
貝佐斯	470億	亞馬遜	▲165億
查爾斯‧柯奇	410億	分散多元	▼10億
大衛‧柯奇	410億	分散多元	▲10億
祖克柏	403億	臉書	▲63億
彭博	386億	彭博公司	▲36億
吉姆‧華頓	337億	沃爾瑪	▼23億
佩吉	333億	Google	▲18億

單位：美元　　　　　　　　　製表／人間福報編輯部

*10*個失智症的症狀

1. 記憶力減退影響生活：
易忘記近期的事，經提醒也無法想起，
常重複發問、重複購物，甚至重複用藥

2. 計畫事情或解決問題有困難：
較無法專心，熟悉的事也需花更多時間處理

3. 無法勝任原本熟悉的事務：
如司機常開錯路、資深廚師炒菜走味等

4. 對時間地點感到混淆：
搞不清年月、不知自己身在何
處、找不到回家的路等

5. 理解視覺影像和空間感到困難：
認為鏡中的自己是另一個人、
覺得屋子裡有他人存在等

6. 言語表達或書寫有困難：
常想不起特定字眼，難跟上話題或參與討論

7. 東西擺放錯亂且失去尋找的能力：
如把水果放在抽屜、拖鞋放在被子裡，找不
到東西無法回頭尋找，甚至責怪他人偷竊

8. 判斷力變差或減弱：
如借錢給陌生人、過馬路不看紅綠燈等

9. 退出職場或社交活動：
個性變得被動且避免出席需互動的
場合，寧可坐在電視前好幾小時

10. 情緒個性改變：
如疑心病變重、焦慮、易怒、過度外向或
沉默、特別畏懼或依賴某個家庭成員等

資料來源／台灣失智症協會　製表／人間福報編輯部

新聞詞彙，你用對了嗎？ ── 編輯篇

1. 小檔案（或小百科、小辭典）、公告分直、橫二種
2. 內文襯底色（灰8%或Y10K3）或白底
3. 標題黑體、內文文鼎黑體（段落格式：圖說）
4. 特殊設計不在此限
5. 小檔案文限200字以內，數目使用阿拉伯數字
6. 簡訊字數限200字以內

小辭典

勸世豆花伯

　　最後，在黃麗穗邀請眾友人的晚餐，請旅行社做行前說明時，我斗著膽子，低著頭大聲的說：「黃老師，我倆不去了請各位好好玩兒吧！」最後，在黃麗穗邀請眾在黃麗穗邀請眾友人的晚餐，請旅行社做行前說明時，我斗著膽子，低著頭大聲的說：在黃麗穗邀請眾

小百科

勸世的豆花伯

　　最後，在黃麗穗邀請眾友人的晚餐，請旅行社做行前說明時，我斗著膽子，低著頭大聲的說：「黃老師，我倆不去了吧！」最後，在黃麗穗邀請眾在黃麗穗邀請眾友人的晚餐，請旅行社做行前說明時，我斗著膽子，低著頭大聲的說：在黃麗穗邀請眾

7. 小檔案範例：

○○○（人名）

身高：	○○○cm
出生：	○○年○○月○○日
體重：	○○kg
學歷：	○○○
經歷：	○○○
成就（或戰績）：	○○○、○○○

製表／人間福報編輯部

六、標點符號

依據教育部《重訂標點符號手冊》修訂版公布為使用原則

參考網址：http://www.edu.tw/files/site_content/m0001/hau/haushou.htm#suo

新式標點符號有調整的如下

連接號有兩種	「－」、「～」，連接時空與數量 例如：1811－1872年、1811～1872年； 台北－高雄、 台北～高雄； 1－1.6 公斤、1～1.6公斤
書名號有兩種 「〈 〉」、 「《 》」	「〈 〉」→ 歌曲名、詞牌、曲牌名、字畫作品、雕像作品、篇章、文章題 例如：〈望春風〉、〈水調歌頭〉、〈天淨沙〉、〈蒙娜麗莎的微笑〉
	「《 》」→ 書報、電影、電視節目、歌劇、圖表名、文件名 例如：《人間福報》、《臥虎藏龍》、《宮心計》、《歌劇魅影》、《中華民國地圖》、《中華民國憲法增修條文》

新聞詞彙，你用對了嗎？ ― 編輯篇

備注	
正確用法	錯誤用法
CNN	《CNN》
路透	路透社
美聯社	《美聯社》
《紐約時報》	《紐時》
《人間福報》	《福報》

間隔號「·」

* 用於書名號篇章卷名之間
  例如：《禮記·禮運》、《漢書·西域傳上·大宛國傳》
* 用於書名號套書與單本書名之間
  例如：《青少年文庫·傲慢與偏見》
* 用於原住民命名習慣之間隔
  例如：歷斯·貝林
* 用於翻譯外國人的名字與姓氏之間，例如：馬克·吐溫；電影明星例外，例如：湯姆漢克斯

刪節號「……」
用於節略原文、語句未完、意思未盡，或表示語句斷斷續續等
其他相關標點符號說明，請上網查看 1.國道2號、台20線等在內文裡都要用阿拉伯數字 2.小數點之後的「零」用「○」，如：零點○三

七、直排時的英文呈現

單獨出現的英文大寫字母縮寫，直排，以4個字母為限，如

直排

聯合國（UN）祕書長……

國際奧會（IOC）主席……

亞洲十五國簽署《區域全面經濟夥伴關係協議》（RCEP）

不直排

《跨太平洋夥伴全面進步協定》（CPTPP）

非單獨出現的英文大寫字母縮寫（含標點符號），保持橫排，如

跨國大型家庭、園藝工具材料連鎖店B&Q，最近舉行大特賣

聯合國（United Nations, UN）祕書長……

單一數目（最多兩位數）+單一英文大寫字母：直排，如

3　　5　　G
C　　C　　20

夾雜在一串英文中的縮寫，保持橫排，如

四支新冠疫苗 Moderna、AZ、J&J、BNT等，進入臨床……

大小寫並存或夾雜數字的成績等級、化學符號等，保持橫排，如

二氧化碳CO_2排放量

期末考數學拿到A+

德國另類選擇黨（AfD）……

貼心提醒

1. 不論個人、團體或機構，在文稿中首度出現時，不宜直接使用簡稱，應以「全名」或「類全名」稱之，如「行政院長○○○」（之後可省略爲「閣揆○○○」或「○揆」）、「戴資穎」（之後可省略爲「小戴」）、「創世基金會」（之後可省略爲「創世」）、阿拉伯聯合大公國（阿聯）等。

「類全名」舉例如下：台灣大學vs.國立台灣大學、美國聯準會vs.美國聯邦準備理事會……

2. 國際性個人、團體或機構在文稿中首度出現時，即須附上原文，但常見者例外，如美國總統拜登、德國總理梅克爾。下列爲範例：

【本報綜合外電報導】根據德國《畫報》（Bild）委託民調機構凱度（Kantar institute）進行的民調顯示，德國總理梅克爾的保守派聯盟支持度跌到1年低點。

3. 此準則適用於新聞版、靜態版以及數位新聞。

Chapter 2

字
詞
篇

規範說明

在進入第二篇「字詞篇」前，先說明取捨的標準與規範，共計有三類，如下：

一、 **統一用字取捨標準**

1.取「正」不取「俗」、取「簡」不取「繁」：
　如「占」據（✓）「佔」據（×）
　行「蹤」（✓）行「踪」（×）

2.法律、政策統一用字：
　「徵」稅（✓）「征」稅（×）
　重「劃」區（✓）重「畫」區（×）

3.動詞、名詞有分別
　「記」錄—動詞、「紀」錄—名詞
　聘「僱」—動詞、「雇」主—名詞

4.沿襲本報用字歷史：
　讚「歎」（✓）讚「嘆」（×）
　托「鉢」（✓）托「缽」（×）
　「遶」境（✓）「繞」境（×）

5.左列為「正」、右列為「誤」

二、 字詞辨正

1. 依字數分類：2 個字詞、3 個字詞、4 個字詞

2. 以第一個字的注音符號分類：
   不脛而走（✓）不逕而走（✗）在「ㄅ」欄
   民不聊生（✓）民不潦生（✗）在「ㄇ」欄

3. 左列為「正」、右列為「誤」

三、 意義相通字詞

參考依據—教育部國語辭典、法律統一用字表、
中央研究院「國際電腦漢字及異體字知識庫」

八、統一用字

正	誤	說明
ㄅ 布／佈		
布告、宣布	佈告、宣佈	「布」已含「人」字
布置、遍布	佈置、遍佈	不須再加「人」旁
布施	佈施	
佈教	布教	佛光山統一用字
表／錶		
手表、電表	手錶、電錶	「錶」是「表」的俗字
ㄆ 鋪／舖		
鋪設、鋪床	舖設、舖床	「舖」為異體字
店鋪、總鋪師	店舖、總舖師	
ㄇ 祕／秘		
祕密、祕書	秘密、秘書	根據國語辭典
秘魯	祕魯	根據外交部國名
ㄈ 分／份		
部分、身分	部份、身份	
分量、省分	份量、省份	
月分、年分	月份、年份	不可計數，用「分」
本分、分內	本份、份內	
知識分子	知識份子	
一份報紙		可計數，用「份」
股份		

正	誤	說明
副／付		
全副武裝、一副對聯、一副笑臉		用於成對、成套的物品及面部表情
一副杯筷／一付杯筷		量詞時，通「副」
ㄅ 度／渡		
過度		超越適當的限度
過渡		橫越江河、事物狀態的移轉
度假／渡假		二者通；非專有名詞時，取前者
ㄊ 台／臺		
台灣／臺灣		二者通；非特別指定時，取前者
台上／臺上		
託／托		
請託、信託	請托、信托	
委託／委托		
託福／托福		
推託／推托		二者通
託兒所／托兒所		
ㄋ 念／唸		
念書、念珠	唸書、唸珠	

正	誤	說明
哪／那		
哪裡		疑問句
那裡		肯定句
ㄌ　梁／樑		
橋梁、棟梁	橋樑、棟樑	
ㄍ　雇／僱		
雇員、雇主、雇工		名詞
僱用、聘僱		動詞
館／舘		
館藏、大使館、圖書館	舘藏、大使舘、圖書舘	「館」為正字
ㄏ　畫／劃		
計畫、規畫、筆畫		可為名詞或動詞
劃時代、重劃區		動詞或形容詞
整齊劃一、劃撥		
回／迴		
回響、回向	迴響、迴向	
ㄐ　盡／儘		
盡量／儘量		二者通

正	誤	說明
盡快／儘快		二者通
盡可能	儘可能	
記／紀		
記錄		動詞
紀錄		名詞
飢／饑		
飢餓	饑餓	
饑饉	飢饉	
饑荒／飢荒		
飢腸轆轆／饑腸轆轆		二者通
ㄑ 氣／器		
大氣		氣度宏偉
大器		寶物、才能高
電氣		設備
電器		用品
ㄒ 凶／兇		
凶兆、凶年、趨吉避凶	兇兆、兇年、趨吉避兇	
凶巴巴	兇巴巴	
哭得很凶	哭得很兇	
凶手／兇手		二者通
幫凶／幫兇		

正	誤	說明
ㄓ 致／緻		
標致／標緻		二者通
別致／別緻		
興致	興緻	
精緻、細緻	精致、細致	
扎／札／紮		
紮實／扎實		二者通，取用「紮」
扎根	札根	
書札、札記	書扎、扎記	
周／週		
周末、周年、周遭／週年、週末、週遭		二者通，取簡字
周而復始、眾所周知／週而復始、眾所週知		
注／註		
備注／備註		二者通
命中注定／命中註定		
注解／註解		

新聞詞彙，你用對了嗎？ ── 字詞篇

正	誤	說明
徵 / 征		
徵兵、徵稅、稽徵	征兵、征稅、稽征	由國家召集或收用，必用「徵」
帳 / 脹		
帳目、帳戶	脹目、脹戶	「帳」為正字
占 / 佔		
占領、占據、侵占	佔領、佔據、侵佔	「占」為正字
彳 **澈 / 徹**		
澈底 / 徹底		二者通
洞徹 / 洞澈		
大徹大悟 / 大澈大悟		
通徹	通澈	
嘗 / 嚐		
嘗試、品嘗 / 嚐試、品嚐		二者通，取簡字
痴 / 癡		
痴心、貪瞋痴 / 癡心、貪瞋癡		二者通，取簡字
ㄕ **聲 / 申**		
聲請		法律訴求
申請		一般性請求

新聞詞彙，你用對了嗎？ ▎ 字詞篇

正	誤	說明
式／勢		
架式／架勢		姿勢、模樣，二者通
架式	架勢	武術招數、場面，二者不通
晒／曬		
晒書、晒太陽	曬書、曬太陽	「曬」為異體字
溼／濕		
溼地、風溼	濕地、風濕	「溼」為正字
紓／抒／舒		
紓解／抒解		二者通
紓困	抒困	
舒緩、舒展	紓緩、紓展	
ㄗ **躁／燥**		
煩躁、急躁、暴躁		性急、不冷靜、擾動（情緒）
乾燥、燥熱、枯燥		乾的、缺少水分（天候）
蹤／踪		
蹤跡、行蹤	踪跡、行踪	「蹤」為正字
ㄘ **采／彩**		
精采、喝采／精彩、喝彩		二者通，取簡字
光采／光彩 多采多姿／多彩多姿		

正	誤	說明
ㄙ 頌 / 誦		
稱頌 / 稱誦		二者通
頌揚	誦揚	
甦 / 蘇		
甦醒 / 蘇醒		二者通
復甦 / 復蘇		
ㄧ 煙 / 焰		
煙火 / 焰火		二者通，取用「煙」
悠 / 優		
悠閒 / 優閒		二者通
優游	悠游	
豔 / 艷		
豔麗、鮮豔	艷麗、鮮艷	「艷」為異體字
ㄨ 汙 / 污		
汙染、汙穢 / 污染、污穢		二者通，取用「汙」
ㄩ 欲 / 慾		
欲望		心中有所不足的需求
慾望		眼耳身等感官的需求
愈 / 越		
愈來愈… / 越來越…		二者通，取用「愈」

九、字詞辨正

2個字詞	
正	誤
ㄅ 部署	佈署
抱怨	報怨
瀕臨	濱臨
扳手	板手
彆扭	憋扭
蹩腳	彆腳
博取	搏取
搏鬥	博鬥
斑斕	斑爛
ㄆ 抨擊	評擊
破綻	破錠
炮製	泡製
破敝	破蔽
平白	憑白
平添	憑添
憑空	平空
拼湊	拚湊
毗鄰	仳鄰

正	誤
ㄇ 渺小	紗小
拇指	姆指
蔓延	漫延
夢魘	夢靨
脈搏	脈博
美元	美金
馬褂	馬掛
矇蔽	蒙蔽
懵懂	矇懂
沒轍	沒輒
ㄈ 復健	復建
繁重	煩重
輻射	幅射
風靡	風迷
ㄉ 砥礪	砥勵
對弈	對奕
玷汙	坫汙
搭檔	搭擋
凋敝	凋弊
顛簸	巔簸
盯梢	盯哨
ㄊ 鴕鳥	駝鳥
退卻	退怯

正	誤
塗鴉	塗鴨
撻伐	韃伐
年輕	年青
內疚	內咎
陵寢	靈寢
蠟像	臘像
瀏覽	流灠
拉鋸	拉距
孿生	攣生
羸弱	贏弱
邋遢	邋榻
遛狗	溜狗
連署	聯署
告罄	告磬
貢獻	供獻
過分	過份
蠱惑	鼓惑
詬病	垢病
高䠷	高佻
高粱	高梁
擀麵	桿麵
堪憂	勘憂
勘查	堪查
堪輿	勘輿

左欄標記：ㄋ、ㄌ、ㄍ、ㄎ

新聞詞彙，你用對了嗎？ ━ 字詞篇

正	誤
戡亂	堪亂
窠臼	巢臼
褲襠	褲檔
魁梧	魁武
彗星	慧星
和藹	和靄
和諧	和協
火併	火拚
餬口	糊口
捍衛	悍衛
寒暄	寒喧
候補	後補
嚇阻	喝阻
華佗	華陀
黃連	黃蓮
哄抬	烘抬
剪綵	剪彩
絕對	決對
健全	建全
拮据	拮據
交代	交待
即便	既便
崎嶇	崎曲
畸形	畸型

ㄏ

ㄐ

正	誤
獎衿	獎卷
嘉惠	加惠
狡猾	狡滑
決裂	絕裂
痙攣	痙孿
躋身	擠身
儘管	僅管
嘉賓	佳賓
迥異	迴異
腳趾	腳指
恰當	洽當
去世	去逝
前提	前題
驅車	趨車
驅使	趨使
譴責	遣責
緝獲	緝穫
卻步	怯步
遷徙	遷徒
氣概	氣慨
起鬨	起訌
旗袍	祺袍
親密	親蜜

新聞詞彙，你用對了嗎？ ━ 字詞篇

正	誤
ㄒ 饗宴	餉宴
嚮導	響導
響應	嚮應
興致	興緻
瑕疵	瘕疵
霄壤	宵壤
逍遙	消遙
消弭	消彌
下榻	下塌
下襬	下擺
犀利	犀厲
馴服	訓服
需求	須求
徇私	循私
ㄓ 樁腳	椿腳
針砭	針貶
裝潢	裝璜
真相	真象
縝密	慎密
皺眉	縐眉
癥結	徵結
ㄔ 抽搐	描蓄
嗤笑	哧笑
吃癟	吃憋

正	誤
敞篷	敞蓬
蟬聯	蟬連
收穫	收獲
身材	身裁
稍微	稍為
首飾	手飾
神祇	神祗
入殼	入殻
讚美	贊美
咨文	諮文
諮詢	咨詢
諮商	咨商
尊重	遵重
遵守	尊守
坐鎮	坐陣
彩排	綵排
璀璨	璀燦
萃取	淬取
淬鍊	萃鍊
撮合	搓合
廝殺	撕殺
搜括	收刮
一旦	一但
一律	一率

ㄕ ㄖ ㄗ ㄘ ㄙ 一

新聞詞彙，你用對了嗎？ — 字詞篇

正	誤
一貫	一慣
沿革	延革
影響	影嚮
贗品	膺品
眼瞼	眼臉
郵戳	郵戮
菸酒	煙酒
ㄨ 惋惜	婉惜
胃口	味口
罔顧	枉顧
ㄩ 醞釀	蘊釀
元配	原配
瑜伽	瑜珈
ㄜ 遏阻	扼阻
ㄢ 安裝	按裝
安詳	安祥

3個字詞	
正	誤
ㄅ 憋不住	蹩不住
搏感情	博感情
絆腳石	拌腳石
必需品	必須品
ㄉ 戴手銬	帶手銬
ㄊ 蹚渾水	淌渾水
ㄋ 年輕人	年青人
ㄌ 聯名信	連名信
ㄍ 光禿禿	光突突
搆不著	夠不著
ㄎ 扣扳機	扣板機
ㄐ 檢察官	檢查官
ㄒ 笑咪咪	笑瞇瞇
ㄓ 直升機	直昇機
ㄖ 肉搏戰	肉博戰
ㄧ 一炷香	一柱香
一抔土	一杯土
一剎那	一霎那
ㄩ 漁獲量	魚獲量

4個字詞

	正	誤
ㄅ	不脛而走	不逕而走
	不省人事	不醒人事
	不言而喻	不言而諭
	不明就裡	不明究裡
	不恥下問	不齒下問
	不能自已	不能自己
	不忮不求	不伎不求
	並行不悖	並行不背
	暴殄天物	暴珍天物
	班門弄斧	搬門弄斧
	變本加厲	變本加利
	並駕齊驅	並駕齊軀
	兵荒馬亂	兵慌馬亂
	畢恭畢敬	必恭必敬
	篳路藍縷	筆路藍履
	備受矚目	倍受矚目
	白璧微瑕	白壁微暇
	板起臉孔	扳起臉孔
	扳回一城	板回一城
	屏氣凝神	摒氣凝神
	班班可考	斑斑可考
	鞭辟入裡	鞭辟入理

正	誤
ㄆ 破釜沉舟	破斧沉舟
迫不及待	迫不急待
蓬蓽生輝	篷蓽生輝
蓬頭垢面	篷頭垢面
飄洋過海	漂洋過海
ㄇ 秣馬厲兵	抹馬礪兵
冒險犯難	冒險患難
名副其實	名符其實
夢寐以求	夢昧以求
茫然無知	盲然無知
面黃肌瘦	面黃飢瘦
名列前茅	名列前矛
墨守成規	默守成規
毛骨悚然	毛骨聳然
摩拳擦掌	磨拳擦掌
莫名其妙	莫明其妙
蒙在鼓裡	矇在鼓裡
滿不在乎	蠻不在乎
民不聊生	民不潦生
ㄈ 發人深省	發人深醒
風聲鶴唳	風聲鶴淚
風行草偃	風行草掩
繁文縟節	繁文褥節
飛揚跋扈	飛揚拔扈

新聞詞彙，你用對了嗎？ — 字詞篇

正	誤
發憤圖強	發奮圖強
奮發向上	憤發向上
分身乏術	分身乏數
釜底抽薪	斧底抽薪
氾濫成災	泛濫成災
鳳毛麟角	鳳毛鱗角
妨害公務	妨礙公務
ㄉ 大聲疾呼	大聲急呼
掉以輕心	吊以輕心
鼎鼎大名	頂頂大名
待在家裡	呆在家裡
掉頭而去	調頭而去
蕩然無存	盪然無存
蕩氣迴腸	盪氣迴腸
殫精竭慮	憚精竭慮
蹈常襲故	蹈常習故
ㄊ 天之驕子	天之嬌子
頭昏腦脹	頭昏腦漲
託運公司	拖運公司
通貨膨脹	通貨膨漲
滔滔不絕	淘淘不絕
恬不知恥	忝不知恥
天真爛漫	天真浪漫

正	誤
同仇敵愾	同仇敵慨
韜光養晦	韜光養誨
ㄋ 拈花惹草	捻花惹草
穠纖合度	濃纖合度
年高德劭	年高德韶
ㄌ 龍蟠虎踞	龍盤虎據
勞逸不均	勞役不均
立場迥異	立場迴異
勵精圖治	厲精圖治
賴以維生	賴以為生
流芳萬古	留芳萬古
寥寥無幾	聊聊無幾
廬山面目	盧山面目
咧嘴大笑	裂嘴大笑
淋漓盡致	淋漓盡緻
ㄌ 老生常談	老生長談
令人不齒	令人不恥
林林總總	林林種種
濫竽充數	濫芋充數
ㄍ 故步自封	固步自封
箇中三昧	箇中三味
鬼鬼祟祟	鬼鬼崇崇
賈其餘勇	鼓其餘勇

正	誤
功德無量	公德無量
甘冒不韙	甘冒不諱
固有文化	故有文化
國勢阽危	國勢岾危
根深柢固	根深底固
躬逢其盛	恭逢其盛
曠日廢時	曠日費時
可見一斑	可見一般
刻苦耐勞	克苦耐勞
克敵制勝	克敵致勝
昏迷不醒	昏迷不省
好高騖遠	好高鶩遠
好學不輟	好學不綴
汗流浹背	汗流夾背
渾身解數	渾身解術
回溯既往	回朔既往
含沙射影	含沙影射
和顏悅色	和言悅色
懷璧其罪	懷壁其罪
和盤托出	和盤託出
譁眾取寵	嘩眾取寵
鼾聲如雷	酣聲如雷

ㄎ (marker next to 曠日廢時 row)
ㄏ (marker next to 昏迷不醒 row)

正	誤
虎視眈眈	虎視耽耽
驚惶失措	驚惶失錯
疾言厲色	疾顏厲色
嬌生慣養	驕生慣養
健步如飛	箭步如飛
劍及履及	劍及屨及
金碧輝煌	金壁輝煌
金榜題名	金榜提名
驚惶失措	驚惶失錯
迥然不同	迴然不同
集思廣益	集思廣義
籍籍無名	寂寂無名
絕不妥協	決不妥協
舉棋不定	舉旗不定
矯揉造作	驕揉造作
全副武裝	全付武裝
全神貫注	全神灌注
鍥而不捨	契而不舍
趨炎附勢	趨炎赴勢
清歌妙舞	輕歌妙舞
趨之若鶩	趨之若鷔
相沿成習	相延成習
相形見絀	相形見拙

正	誤
栩栩如生	徐徐如生
西裝筆挺	西裝畢挺
休戚相關	收戚相關
徇私舞弊	循私舞弊
休養生息	修養生息
息息相關	習習相關
心胸開闊	心胸開擴
心香一瓣	馨香一瓣
心理準備	心裡準備
心曠神怡	心壙神怡
心心相印	心心相映
心無旁騖	心無旁鶩
血脈賁張	血脈債張
形跡可疑	行跡可疑
嬉笑怒罵	嘻笑怒罵
心勞日拙	心勞日絀
小心翼翼	小心奕奕
戰戰兢兢	戰戰競競
炙手可熱	熾手可熱
諄諄告誡	循循告誡
針鋒相對	爭鋒相對
追根究柢	追根究底
政簡刑清	政減刑輕

ㄓ

正	誤
嶄露頭角	展露頭角
振衰起敝	振衰起弊
振聾發聵	震聾發聵
中流砥柱	中流抵柱
窒礙難行	滯礙難行
彳 初出茅廬	初出茅蘆
川流不息	穿流不息
傳令嘉獎	傳令加獎
察言觀色	察顏觀色
陳腔濫調	陳腔爛調
插科打諢	插科打渾
重蹈覆轍	重蹈覆徹
ㄕ 數一數二	屬一屬二
身敗名裂	身敗名劣
聲名大噪	聲名大譟
聲名狼藉	聲名狼籍
食不果腹	食不裹腹
世外桃源	世外桃園
首屈一指	手屈一指
誓死不屈	視死不屈
視死如歸	誓死如歸
深明大義	申明大義
姍姍來遲	珊珊來遲

正	誤
捨生取義	捨身取義
殺身成仁	殺生成仁
鎩羽而歸	鍛羽而歸
摔角選手	摔跤選手
省籍情結	省藉情節
率爾操觚	率爾操瓢
尸位素餐	屍位素餐
神采奕奕	神采弈弈
ㄖ 日暮途窮	日暮圖窮
人才輩出	人才倍出
如火如荼	如火如茶
ㄗ 再接再厲	再接再勵
走投無路	走頭無路
自出心裁	自出新裁
自力更生	自立更生
齜牙咧嘴	齜牙裂嘴
紫微斗數	紫薇斗數
ㄘ 草菅人命	草管人命
慘澹經營	慘淡經營
ㄙ 三令五申	三申五令
ㄧ 一鼓作氣	一股作氣
一蹶不振	一厥不振
一蹴可幾	一蹴可即

正	誤
一塌糊塗	一榻胡塗
一股腦兒	一古腦兒
一語成讖	一語成懺
一味遷就	一昧遷就
言不及義	言不及意
貽誤大局	遺誤大局
仰天長嘯	仰天長笑
蠅營狗苟	蠅蠅狗狗
偃旗息鼓	掩旗息鼓
眼花撩亂	眼花潦亂
以偏概全	以偏蓋全
衣衫襤褸	衣衫藍縷
英勇善戰	英勇擅戰
悠哉悠哉	悠哉遊哉
湮滅證據	煙滅證據
屹立不搖	迄立不搖
揠苗助長	偃苗助長
委曲求全	委屈求全
無所適從	無所是從
無所事事	無所是事
文風不動	紋風不動
緣木求魚	椽木求魚
餘興節目	娛興節目

正	誤
額手稱慶	額首稱慶
按部就班	按步就班
按捺不住	按耐不住
黯然失色	暗然失色

十、意義相通字詞　　＊建議優先取用左列

ㄅ	屏除／摒除
	保母／保姆
ㄆ	帕金森氏症／巴金森氏症
	拚命／拼命
	拚鬥／拼鬥
ㄇ	瀰漫／彌漫
	弭平／敉平
	貿然／冒然
	美輪美奐／美侖美奐
ㄈ	彷彿／仿佛
	丰采／風采
	蜂擁／蜂湧
	發楞／發怔／發愣
	翻觔斗／翻筋斗
ㄉ	耽擱／擔擱
	動盪／動蕩
	盪漾／蕩漾
	盪舟／蕩舟
	巔峰／顛峰
	掉包／調包
	牴觸／抵觸
	雕刻／彫刻

	凋零 ／ 彫零
	凋謝 ／ 彫謝
	倒楣 ／ 倒霉
	膽顫心驚 ／ 膽戰心驚
ㄊ	圖像 ／ 圖象
	調合 ／ 調和
	突顯 ／ 凸顯
	統統 ／ 通通
	捅漏子 ／ 捅婁子
	托辣斯 ／ 托拉斯
	唾手可得 ／ 垂手可得
ㄋ	惱羞成怒 ／ 老羞成怒
	內訌 ／ 內鬨
	鈕扣 ／ 紐扣
ㄌ	了解 ／ 瞭解
	老闆 ／ 老板
	煉金 ／ 鍊金
	煉丹 ／ 鍊丹
	聯絡 ／ 連絡
	老奸巨猾 ／ 老奸巨滑
	琅琅上口 ／ 朗朗上口
ㄍ	枴杖 ／ 拐杖
	乾脆 ／ 甘脆
	搜刮 ／ 搜括
	罣礙 ／ 掛礙

	辜負 / 孤負
	颶風 / 刮風
	鼓譟 / 鼓噪
	勾心鬥角 / 鉤心鬥角
ㄎ	扣門 / 叩門
	扣子 / 釦子
	餽贈 / 饋贈
ㄏ	夥伴 / 伙伴
	餬口 / 糊口
	含義 / 涵義 / 含意
	宏亮 / 洪亮
ㄐ	交代 / 交待
	家具 / 傢俱
	伎倆 / 技倆
	嫉恨 / 忌恨
	藉助 / 借助
	急遽 / 急劇
	巨款 / 鉅款
	揭櫫 / 楬櫫
	精英 / 菁英
	局限 / 侷限
	繳白卷 / 交白卷
	筋疲力竭 / 精疲力竭
	直截了當 / 直接了當
ㄑ	起程 / 啓程

	遷就 / 牽就
ㄒ	相貌 / 像貌
	消夜 / 宵夜
	席捲 / 席卷
	修煉 / 修鍊 / 修練
	行春 / 走春
ㄓ	徵候 / 癥候
	佇足 / 駐足
	輾轉 / 展轉
	制伏歹徒 / 制服歹徒
	張燈結綵 / 張燈結彩
ㄔ	窗帘 / 窗簾
	徜徉 / 倘佯
	川堂 / 穿堂
ㄕ	煞車 / 刹車
	搧風 / 扇風
	說詞 / 說辭
ㄖ	熱中 / 熱衷
	日食 / 日蝕
	人才 / 人材
ㄗ	糟蹋 / 蹧蹋
	坐落 / 座落
ㄘ	倉促 / 倉卒
	詞彙 / 辭彙
ㄙ	蒐集 / 搜集

	蒐羅 / 搜羅
	思惟 / 思維
一	饜足 / 厭足
	一目了然 / 一目瞭然
ㄨ	委靡 / 萎靡
	委屈 / 委曲
	唯恐 / 惟恐
	唯一 / 惟一
	文謅謅 / 文縐縐
ㄩㄝ	蘊含 / 蘊涵
ㄚㄚ	阿嬤 / 阿媽
ㄜ	厄運 / 噩運 / 惡運

十一、佛光山專用名詞

◎ 佛光山開山星雲大師

◎ 佛光山住持

◎ 佛光山宗長

◎ 佛光山退居和尚

◎ 國際佛光會世界總會

◎ 國際佛光會中華總會

◎ 佛光山海外巡監院

◎ 佛光祖庭宜興大覺寺

◎ 佛光山港澳深教區

◎ 佛光山新馬泰印教區

◎ 佛光山菲律賓教區

◎ 佛光山歐洲教區

◎ 佛光山南美教區

◎ 佛光山大洋洲教區

◎ 佛光山佛光大學

◎ 佛光山南華大學

◎ 佛光山西來大學

◎ 佛光山南天大學

◎ 佛光山光明大學

◎ 佛光山普門中學

◎ 佛光山均頭國民中小學

◎ 佛光山小天星幼兒園

◎ 佛光山慈航幼兒園

◎ 佛光山慧慈幼兒園

◎ 佛光山慈悲社會福利基金會

◎ 佛光山出家法師說法：弘講師

◎ 佛光會在家居士說法：檀講師、檀教師、人間佛教宣講員

◎ 佛光山四大宗旨：以文化弘揚佛法、以教育培養人才、
以慈善福利社會、以共修淨化人心

◎ 三好：做好事、說好話、存好心

◎ 四給：給人信心、給人歡喜、給人希望、給人方便

◎ 五和：自心和悅、家庭和順、人我和敬、社會和諧、
世界和平

◎ 「誦經」，不是「念經」

◎ 佛光山用「義工」，不用「志工」

◎ 「耶誕」，不用「聖誕」

◎ 佛光山「常住」，不是「長住」

◎ 法師「開示」，不是「開釋」

◎「佛首」，不是「佛頭」

◎「佈教」，不用「布教」

◎ 托「鉢」，不是托「缽」

◎ 心無「罣」礙，不是心無「掛」礙

◎ 一切「唯」心「造」

◎ 思「惟」，不是思「維」

◎「觀」照，不是「關」照

◎ 眾緣「和合」，不是眾緣「合和」

◎ 宗教融「和」，不是宗教融「合」

◎ 讚「歎」，不是讚「嘆」

◎「遶」境，不是「繞」境

◎「擲筊」，不是「擲杯」

◎「伊斯蘭教」，不稱「回教」；
　「穆斯林」，不稱「回教徒」

新聞詞彙，你用對了嗎？ ── 字詞篇

Chapter 3

國際篇

十二、美洲

美國	
首都	華盛頓特區（華府）Washington DC
總統	拜登（Joe Biden）
	第一夫人：吉兒・拜登（Jill Biden）
	前妻：妮莉婭Neilia Hunter車禍亡 長子：博Beau，腦癌過世 次子：亨特Hunter 長女：娜歐米Naomi，車禍亡 次女：艾希莉Ashley，吉兒・拜登所生 艾希莉之夫：克萊恩Howard Krein
前總統	川普（Donald Trump）
	妻子：梅蘭妮亞Melania Trump 長子：小唐納Donald Jr. 小唐納妻：凡妮莎・海頓Vanessa Haydon 次子：艾瑞克Eric，幼子：拜倫Barron， 長女伊凡卡Ivana Marie "Ivanka"， 伊凡卡之夫：庫希納Jared Kushner 曾任總統高級顧問，次女：蒂芬妮Tiffany
	歐巴馬（Barack Obama）
	妻子：蜜雪兒Michelle， 長女：瑪麗亞Malia，幼女：莎夏Sasha

副總統	賀錦麗（Kamala Harris） 丈夫：任德龍（Douglas Emhoff）
	前任： 潘斯（Mike Pence，妻子：凱倫）、 拜登（Joe Biden）、 錢尼（Dick Cheney）、 孟代爾（Walter Mondale）

白宮職位

幕僚長	柯連恩（Ron Klain）
	前任：梅杜斯（Mark Meadows）、 凱利（John Kelly）、 蒲博思（Reince Priebus）、 傑克・盧（Jack Lew）、 戴利（William Michael Daley）、 艾曼紐（Rahm Israel Emanuel）
聯絡室主任 （白宮通訊主任 、公關總監）	貝汀費爾德（Kate Bedingfield）
	前任：法拉（Alyssa Farah）、 夏恩（Bill Shine）、 希克斯（Hope Hicks）、 史卡拉穆奇（Anthony Scaramucci）

白宮發言人 （新聞祕書）	珍・莎奇（Jen Psaki）、 貝汀費爾德 （Kate Bedingfield） 穆尼奧斯（Kevin Munoz）
	前任：麥肯內尼（Kayleigh McEnany）、 葛瑞珊（Stephanie Grisham）、 桑德斯（Sarah Sanders）、 史派瑟（Sean Michael Spicer）、 厄尼思特（Josh Earnest）、 吉布斯（Robert Gibbs）、卡尼（Jay Carney）
	副發言人： 尚皮耶（Karine Jean-Pierre）
國家安全顧問	蘇利文（Jake Sullivan）
	前任：歐布萊恩（Bobert O'Brien）、 波頓（John Bolton）、 麥馬斯特（H. R. McMaster）、 弗林（Michael Flynn）
副國安顧問	博明（Matt Pottinger）
白宮首席經濟 顧問	迪斯（Brian Deese）
	前任：柯德洛（Larry Kudlow）、 桑莫斯（Lawrence Summers）
國家情報總監	海恩斯（Avril Haines，女）
	前任：柯茨（Dan Coats）
經濟顧問委員會 （CEA）主席	瑟希利亞魯斯（Cecilia Rouse）
	前任：哈塞特（Kevin Hassett）、 羅默（Christina Romer）

CEA委員	伯恩斯坦（Jared Bernstein）、希瑟布榭（Heather Boushey）
白宮預算管理局（OMB）局長	倪拉·譚頓（Neera Tanden）
印太事務協調官	坎伯（Kurt Campbell，歐巴馬時代曾任亞太助卿）
白宮中國事務資深主任	羅森柏格（Laura Rosenberger）
白宮科技政策辦公室主任	藍德（Eric Lander）
總統科技顧問會議共同主席	阿諾德（Frances Arnold）、朱貝（Maria Zuber）

總統科技與競爭政策特別助理：吳修銘（Tim Wu）

聯邦貿易委員會（Federal Trade Commission , FTC）主席：麗娜汗（Lina Khan）

亞洲開發銀行（Asian Development Bank，ADB）執行董事：王毓敏（Chantale Yokmin Wong）

內閣職位

國務卿	布林肯（Antony Blinken）
	前任：龐培歐（Mike Pompeo）、提勒森（Rex Tillerson）、柯瑞（John Kerry）、希拉蕊·柯林頓（Hillary Clinton）、賴斯（Condoleezza Rice）

副國務卿	雪蔓（Wendy Sherman）、阿穆爾（Hady Amr）
	前任：畢根（Stephen Biegun）
國務院次卿	盧嵐（Victoria Nuland）、澤雅（Uzra Zeya，兼任西藏事務特別協調官）
	前任：柯拉克（Keith Krach，前譯克拉奇）、伯恩斯（Nicholas Burns）
亞太助卿	康達（Daniel Kritenbrink）
	前任：史達偉（David Stilwell）
國務院發言人	普萊斯（Ned Price）
	前任：歐塔加斯（Morgan Ortagus）、諾爾特（Heather Nauert）、克勞里（Philip Crowley）、努蘭（Victoria Nuland）、芮恩斯（Philippe Reines）
財政部長	葉倫（Janet Yellen）；副手亞德耶莫（Adewale Adeyemo）
	前任：梅努欽（Steven Mnuchin）、蓋特納（Timothy Geithner）、傑克·盧（Jack Lew）
	副部長：亞德耶莫（Adewale Adeyemo）

國防部長	奧斯汀（Lloyd Austin首位非洲裔防長）
	前任：米勒（Christopher C. Miller代理，原任國家反恐中心主任）、艾斯伯（Mark Esper）、夏納翰（Patrick Shanahan代理）、馬提斯（James Mattis）、卡特（Ashton Carter）、海格（Chuck Hagel）、潘內達（Leon Panetta）、蓋茲（Robert M. Gates）
	副部長：希克斯（Kathleen Hicks，首位女性國防副部長）
司法部長	加蘭德（Merrick Garland）
	前任：羅森（Jeffrey Rosen代理）、巴維理（William Barr）、塞辛斯（Jeff Sessions）、林奇（Loretta Lynch）、霍爾德（Eric Himpton Holder Jr.）
司法部反托辣斯部門	坎特（Jonathan Kanter）
內政部長	哈蘭（Deb Haaland）
商務部長	吉娜·雷蒙朵（Gina Raimondo）
	前任：羅斯（Wilbur Ross）
勞工部長	偉殊（Marty Walsh）
	前任：艾柯斯塔（Alexander Acosta）

衛生與福利部部長	貝塞拉（Xavier Becerra）
	前任：阿查爾（Alex Azar）、普萊斯（Tom Price）、塞比留斯（Kathleen Sebelius）
住宅與都市發展部部長	瑪西亞・傅吉（Marcia Fudge）
	前任：卡森（Ben Carson）
運輸部長	布塔朱吉（Pete Buttigieg）
	前任：趙小蘭（Elaine Chao）
能源部長	格蘭霍姆（Jennifer Granholm）
	前任：培瑞（Rick Perry）
教育部長	卡多納（Miguel Cardona）
	前任：狄弗斯（Betsy DeVos）
環境保護署（EPA）長	黎根（Michael Regan
	前任：惠勒（Andrew Wheeler）、普魯特（Scott Pruitt）、麥卡錫（Gina McCarthy）
美國疾病管制暨預防中心（CDC）首長	瓦倫斯基（Rochelle Walensky）
退伍軍人事務部部長	威爾基（Robert Wilkie）
	前任：舒肯（David Shulkin）

國土安全部（DHS）部長	梅奧卡斯（Alejandro Mayorkas，首位拉丁裔國土安全部長）
	前任：沃爾夫（Chad Wolf代理）、麥卡利南（Kevin McAleenan）、尼爾森（Kirstjen Nielsen）、杜克（Elaine Duke）、凱利（John Kelly）、納波里塔諾（Janet Napolitano）
海軍作戰部長	吉爾迪（Mike Gilday）
海軍部長	戴杜羅（Carlos Del Toro）
	前任：布瑞斯威特（Kenneth Braithwaite）、史賓塞（Richard Vaughn Spencer）
美國參謀長聯席會議主席	馬克・麥利（Mark Alexander Milley）
	前任：鄧福德（Joseph Francis Dunford, Jr.）、鄧普西（Martin E. Dempsey）、穆倫（Michael Glenn Mullen）
	副主席：海登（John Hyten）
印太司令部司令	阿基里諾（John Aquilino）
	前任：戴維森（Philip Davidson）

中央情報局 （CIA）局長	伯恩斯（William Burns）
	前任：吉娜・哈斯柏（Gina Haspelr）、 龐培歐（Mike Pompeo）、 潘尼達（Leon E. Panetta）、 裴卓斯（David H. Petraeusr）、 布瑞南（John Brennan）、 伍爾西（James Woolsey）
聯邦調查局 （FBI）局長	雷伊（Christopher Wrayr）
	前任：柯米（James Comeyr）、 穆勒（Robert Mullerr）
中小企業署長	古茲曼（Isabel Guzman）
氣候變遷事務 總統特使	柯瑞（John Kerry）
美國貿易代表 署USTR代表	戴琪（Katherine Tai 華裔）
	前任：賴海哲（Robert Lighthizer）
	副代表：格瑞斯（Jeffrey Gerrish）、 吉里希（Jeffrey Gerrish）
聯準會（Fed） 主席	鮑爾（Jerome Powell）
	前任：葉倫（Janet Yellen）、 柏南克（Ben Bernanke）、 葛林斯班（Alan Greenspan）
聯準會副主席	布蘭納德（Lael Brainard）
	前任：克拉里達（Richard Clarida）

最高法院	大法官：戈薩奇（Neil Gorsuch）
	首席大法官：羅伯茲（John Roberts）
	首位非裔女性大法官： 傑克森（Ketanji Brown Jackson）
特別檢察官	前任：穆勒（Robert Muller）
五角大廈發言人	法拉（Alyssa Farah）、 麥納蒂（Jessica McNulty）、 柯比（John F.Kirby）
社會安全局局長	克賈卡茲（Kilolo Kijakazi,代理）
	前任：索爾（Andrew Saul）
家衛生研究院 （NIH）院長	柯林斯（Francis Collins）
國會（聯邦稱「眾議院」「參議院」； 州級稱「參議會」「眾議會」）	
參院議長	賀錦麗Kamala Harris（副總統兼任）
	前任：潘斯
參院少數黨領袖	麥康諾（Mitch McConnell共和黨）
參院多數黨領袖	舒默（Chuck Schumer民主黨）
	前任：芮德（Harry Mason Reid民主黨）
參院財政委員 會主席	哈契（Orrin Hatch共和黨）
眾院議長	裴洛西（Nancy Pelosi民主黨）
	前任：萊恩（Paul Ryan共和黨）
眾院多數黨領袖	霍耶爾（Steny Hoyer民主黨）
眾院少數黨領袖	麥卡錫（Kevin McCarthy共和黨）

衆議院共和黨 黨團會議主席	艾麗斯・史提法尼克 （EliseStefanik，紐約州）
	前任：麗茲・錢尼（Liz Cheney）
大使	
駐聯合國大使	湯瑪斯-葛林斐德（Linda Thomas-Greenfield）
	前任： 克拉夫特（Kelly Knight Craft）、 海利（Nikki Haley）、 薩曼莎・鮑爾（Samantha Power）、 蘇珊・萊斯（Susan Elizabeth Rice）
駐中國大使	伯恩斯（Nicholas Burns）
	前任： 米德偉（David Meale，臨時代辦）、 傅德恩（Robert W. Forden，臨時代辦）、 布蘭斯塔德（Terry Branstad）、 包可士（Max Baucus）、 駱家輝（Gary Locke）、 洪博培（Jon Huntsman）、 芮效儉（Stapleton Roy）、 李潔明（James Lilley）

駐日本大使	伊曼紐（Rahm Emanuel）
	前任：谷立言（Raymond Greene，代理大使）、楊舟（Joseph M. Young，代理大使）、溫斯坦（Kenneth Weinstein）、哈格蒂（William Hagerty）、卡洛琳·甘迺迪（Caroline Bouvier Kennedy）、海格提（William Hagerty）
駐以色列大使	奈茲（Thomas Nides）
	前任：佛里曼（David Friedman）
駐南韓大使	哈里斯（Harry Harris）
北韓特別代表	畢根（Stephen Biegun 國務院常務副國務卿）
	前任：博斯沃斯（Stephen Bosworthv）
北韓事務特使	金星容（Sung Kim，前譯金成、金聖，原任國務院亞太事務代理助卿）
中東特使	柏柯維茲（Avi Berkowitz）
伊朗特別代表	胡克（Brian Hook）
駐印尼大使	金成（Sung Kim）
駐印度大使	賈西提（Eric Garcetti 原洛杉磯市長）
敘利亞問題特使	杰弗里（James Jeffrey）
駐新加坡大使	卡普蘭（Jonathan Eric Kaplan）
駐北愛爾蘭特使	穆瓦尼（Mick Mulvaney）
駐紐西蘭大使兼駐薩摩亞大使	尤德爾（Tom Udall）

新聞詞彙，你用對了嗎？ —— 國際篇

聯合國糧農組織美國代表	辛蒂（Cindy McCain，共和黨聯邦參議員馬侃John McCain遺孀）
阿富汗和解問題特別代表	哈里札德（Zalmay Khalilzad）
駐海地特使	富特 (Daniel Foote，上任兩個月因抗議拜登不人道驅逐閃辭)
駐貝里斯大使	關穎珊（Michelle Kwan，待參院同意）
駐澳洲大使	卡洛琳‧甘迺迪（Caroline Kennedy，待參院同意）

重要機構名稱

國家航空暨太空總署（NASA）、國稅局（IRS）

川普任內白宮卸任官員

首席策士、總統高級顧問巴農（Stephen Bannon）
國家安全顧問鮑爾（Dina Powell）

川普和其他相關

前特別檢察官穆勒（Robert Mueller）

前聯邦調查局長柯米（James Comey）

川普競選組織顧問佩吉（Carter Page）

川普私人律師塞庫洛（Jay Sekulow）

川普前私人律師柯恩（Michael Cohen）、
柯恩的律師：薛瓦茲（David Schwartz）

川普前競選總幹事馬納福（Paul Manafort）、
馬納福生意夥伴：蓋茲（Richard Gates）

川普長期聯繫俄國的顧問薩特（Felix Sater）	
川普競選團隊前外交政策顧問 帕帕多普洛斯（George Papadopoulos）	
前國家安全顧問弗林（Michael Flynn）	
川普前政治兼前助選顧問史東（Roger Stone）	
科技巨頭	
臉書	創辦人/CEO祖克柏（Mark Zuckerberg） 妻子：普莉希拉・陳（Priscilla Chan） 發言人：斯格羅（Christopher Sgro）
亞馬遜	CEO賈西（Andy Jassy）
	創辦人/董事長兼執行主席貝佐斯 （Jeff Bezos）
谷歌	CEO皮采（Sundar Pichai也是字母公司Alphabet執行長）
	創辦人佩吉（Larry Page）& 布林（Sergey Brin）
蘋果	CEO庫克（Tim Cook）
	創辦人賈伯斯（Steve Jobs）& 沃茲尼克（Steve Wozniak）& 韋恩（Ronald Gerald Wayne）
微軟	CEO納德拉（Satya Nadella）
	創辦人蓋茲（Bill Gates）& 艾倫（Paul Allen）

TikTok	CEO周受資
	前任：梅爾（Kevin Mayer） 母公司是字節跳動（ByteDance）
特斯拉	創辦人馬斯克（Elon Musk）
英特爾	CEO季辛格（Pat Gelsinger）
	前任：史旺（Bob Swan）
蒂芙尼	CEO勒德呂（Anthony Ledru）
推特	CEO多爾西（Jack Dorsey）
高通	CEO艾蒙（Cristiano Amon）
諾基亞	CEO倫德馬克（Pekka Lundmark）

其他

時報廣場（Times Square）
關達納摩監獄（Guantanamo位於古巴）
美國國家過敏與傳染病研究所（NIAID） 所長佛奇（Anthony Fauci）
美國食品暨藥物管理局（FDA）局長 哈恩（Stephen Hahn）
美國生技公司莫德納（Moderna）
紐約州長霍楚（Kathy Hochul，233年州史首位女州長） 前任：葛謨（Andrew Cuomo）
加州州長紐森（Gavin Newsom）
紐約市長白思豪（Bill de Blasio） 前任：朱利安尼（Rudy Giuliani）
前阿拉斯加州長裴林（Sarah Palin）

愛阿華州長雷諾茲（Kim Reynolds） 前任：布蘭斯塔德（Terry Branstad）
華盛頓特區市長鮑瑟（Muriel Bowser）
洛杉磯市長賈西提（Eric Garcetti）
佛州州長德桑提斯（Ron DeSantis）
＊花旗總裁/CEO：弗雷澤（Jane Fraser，蘇格蘭出生英國籍，華爾街大銀行首位 女CEO） 前任：高沛德（Michael Corbat）
＊通用董事長/CEO：巴拉（Mary Barra）
＊福特CEO：哈克特（James Patrick "Jim" Hackett）
＊克萊斯勒CEO：麥明凱（Michael Manley）
＊AIG CEO：杜普瑞特 （Brian Duperreault）
＊「股神」巴菲特 （Warren Edward Buffett，波克夏公司Berkshire Hathaway）
＊美國最高法院大法官金斯柏 （Ruth Bader Ginsburg 2020.9.18癌症逝世）
＊新任大法官巴瑞特（Amy Coney Barrett）
＊馬里蘭州華特里德軍醫院 （Walter Reed National Military Medical Center為川普治療新冠）
＊2012年美國共和黨候選人：羅姆尼、保羅、金瑞契、桑托倫
州名：科羅拉多、佛羅里達、愛阿華、內華達、新罕布夏、北卡羅來納、俄亥俄、維吉尼亞、威斯康辛、亞利桑那
遭中國制裁參議員： 克魯茲（Ted Cruz）、盧比歐（Marco Rubio）

大學	加州大學（University of California, 簡稱UC）沒分校，計有柏克萊加州大學（University of California,Berkeley）、洛杉磯加州大學（UCLA）等10所
	加州州立大學（California State University）有分校，計有舊金山州大、加州州立大學長堤分校等23個校區
	南加大（University of Southern California，簡稱USC或SC，私立名校）
	史丹福大學（Stanford University）
	普度大學（Purdue University）
加拿大	
首都	渥太華Ottawa
總理	杜魯多（Justin Trudeau自由黨黨魁）
	前任：哈珀（Stephen Harper前保守黨魁）
副總理	方慧蘭（Chrystia Freeland）
財政部長	方慧蘭（加國首位女性財長）
	前任：莫諾（Bill Morneau）
保守黨黨魁（主要反對黨）	歐圖爾（Erin O'Toole）
	前任：謝爾（Andrew Scheer）
駐中國大使	鮑達民（Dominic Barton）
	前任：麥家廉（John McCallum）
外交部長	加爾諾（Marc Garneau）
	前任：沈潘（Francois-Philippe Champagne）
國防副參謀長	艾倫（Frances Allen首位女性）

十三、拉丁美洲暨加勒比海地區

巴西

首都	巴西利亞Brasilia
總統	波索納洛（Jair Bolsonaro）
	前任：德梅爾（Michel Temer）、「鐵娘子」羅賽芙（Dilma Rousseff）、魯拉（Lula da Silva）
副總統	莫勞（Hamilton Mourão）

智利

首都	聖地牙哥San Diego
總統	柏瑞克（Gabriel Boric）
	前任：品尼拉（Scbastian Pinera）巴舍萊（Michelle Bachelet Jeria）
內政部長	布魯莫（Gonzalo Blumel）
	前任：查德威克（Andres Chadwick）、因蘇爾薩（Jose Miguel Insulza）
獨裁者	皮諾契特（Augusto Pinochet）

古巴

首都	哈瓦那La Habana
總統	狄亞士-卡奈（Miguel Diaz-Canel）
	前任：勞爾‧卡斯楚（Raul Castro，卡斯楚胞弟）、菲德爾‧卡斯楚（Fidel Castro，或稱已故強人卡斯楚、老卡斯楚，推翻前獨裁者巴蒂斯塔Fulgencio Batista）

| 總理 | 馬雷羅（Manuel Marrero） |

阿根廷

首都	布宜諾斯艾利斯Buenos Aires
總統	費南德茲（Alberto Fernández， 中央社譯名：艾柏托）
	前任：馬克里（Mauricio Macri）、 克莉絲汀娜·費南德茲（Cristina Fernández ，亡夫：基西納Nestor Kirchner）

委內瑞拉

首都	卡拉卡斯Caracas
總統	馬杜洛（Nicolas Maduro） 妻子：傅洛雷斯（Cilia Flores）
	前任：查維斯（Hugo Chavez）、 裴瑞斯（Carlos Andres Perez）
外交部長	阿雷亞薩（Jorge Arreaza）
反對黨領袖	瓜伊多（Juan Guaido）、 前反對黨領袖： 卡普瑞雷斯（Henrique Capriles）

玻利維亞

首都	拉巴斯La Paz
總統	阿爾斯（Luis Arce）
	前任： 艾尼茲（Jeanine Añez臨時總統）、 莫拉萊斯（Evo Morales）、 梅沙（Carlos Mesa）

社會主義運動 黨黨魁	阿爾斯（Luis Arce）
尼加拉瓜	
首都	馬納瓜Managua
總統	奧蒂嘉（Daniel Ortega） 妻子：穆里歐（Rosario Murillo）
墨西哥	
首都	墨西哥城Mexico City
總統	羅培茲（Andrés Manuel López Obrador）
	前任： 潘尼亞尼托（Enrique Pena Nieto）、 賈德隆（Felipe Calderón 全國行動黨）、 福克斯（Vicent Fox）
電信大亨	史林姆（Carlos Slim 2010年全球首富）
副衛生部長	加泰爾（Hugo Lopez-Gatell）
外交部長	艾布拉德（Marcelo Ebrard）
哥倫比亞	
首都	波哥大Bogota
總統	杜克（Ivan Duque Marquez）
	前任：桑托斯（Juan Manuel Santos）、 烏利貝（Alvaro Uribe）
	前總統參選人：貝丹考（Ingrid Betancourt）
反政府游擊隊	哥倫比亞革命武裝力量（FARC）

薩爾瓦多

首都	聖薩爾瓦多San Salvador
總統	布格磊（Nayib Bukele）
	前任： 桑切斯（Salvador Sánchez Cerén）、 佛納斯（Mauricio Funes）、 薩卡（Elias Antonio Saca）

哥斯大黎加

首都	聖荷西San Jose
總統	查維斯（Rodrigo Chaves）
	前任： 阿瓦拉多（Carlos Alvarado Quesada）、 索利斯（Luis Guillermo Solís Rivera）、 秦奇亞（Laura Chinchilla，哥國史上首位女總統，拉丁美洲史上第5位女總統）、 阿里亞斯（Óscar Arias Sánchez，1987年諾貝爾和平獎得主）、 費蓋雷斯（Jose Maria Figueres）

厄瓜多

首都	基多Quito
總統	拉梭（Guillermo Lasso）
	前任：莫雷諾（Lenin Moreno）、 柯雷亞（Rafael Correa）、 古提瑞茲（Lucio Gutierrez）

巴拉圭

首都	亞松森Asuncion
總統	貝尼德斯（Mario Abdo Benítez）
	前任：卡提斯（Horacio Cartes）、佛朗哥（Federico Franco）、魯戈（Fernado Lugo）

烏拉圭

首都	蒙特維多市Montevideo
總統	拉卡耶（Luis Lacalle Pou中間偏右）
	前任：瓦斯蓋茲（Tabaré Vázquez）、穆西卡（Jose Mujica，世界最窮總統，月領23k）

巴拿馬

首都	巴拿馬城Panama City
總統	柯狄索（Laurentino Cortizo）
	前任：瓦雷拉（Juan Carlos Varela）、馬蒂內利（Ricardo Martinelli）
前強人	諾瑞加（Manuel Noriega）

宏都拉斯

首都	德古西加巴Tegucigalpa
總統	耶南德茲（Juan Orlando Hernandez，國家黨National Party，保守派）
	前任：羅柏（Porfirio Lobo）、米契列地（Roberto Micheletti Baín 代理）、賽拉亞（Manuel Zelaya）

波多黎各

首都	聖胡安San Juan
總督	瓦茲蓋斯（Wanda Vazquez）
	前任：羅塞洛（Ricardo Rossello）、佛杜諾（Luis Fortuno）

海地

首都	太子港Port-Au Prince
總統	喬塞德（Claude Joseph 現任臨時總理暫代）
	前任： 摩依士（Jovenel Moise 2021.7.7遭暗殺身亡）、 馬特萊（Michel Martelly，當紅藝人「甜蜜米奇」Sweet Micky）、 蒲雷華（Rene Preval）
總理	喬塞德（Claude Joseph 臨時總理）
	前任：朱特塞（Joseph Jouthe）、保羅（Evans Paul）、康尼爾（Garry Conille，美國前總統柯林頓之幕僚）

多明尼加

首都	聖多明哥Santo Domingo
總統	阿比納迪爾（Luis Abinader）
	前任：梅迪納（Danilo Medina）、費南德茲（Leonel Fernandez）
副總統	瑪格麗特（Margarita Cedeño de Fernández）

瓜地馬拉	
首都	瓜地馬拉市Guatemala City
總統	賈麥岱（Alejandro Giammattei）
	前任： 莫拉萊斯（Jimmy Morales）、 莫里納（Otto Perez Molina）、 克羅姆（álvaro Colom）、 波蒂佑（Alfonso Portillo）
前獨裁者	李歐斯蒙特（Efraín Ríos Montt）
秘魯	
首都	利馬Lima
總統	卡斯蒂約（Pedro Castillo）
	前任： 薩加斯蒂（Francisco Sagasti，臨時總統）、 梅禮諾（Manuel Merino）、 畢斯卡拉（Martín Vizcarra）、 庫琴斯基（Pedro Pablo Kuczynski）、 烏馬拉（Ollanta Humala）、 賈西亞（Alan García Pérez）、 藤森謙也（Alberto Fujimori，右派前獨裁總統，長女：藤森惠子，前譯慶子，Keiko Fujimori）

總理	托瑞斯（Anibal Torres）
	前任： 瓦勒品托（Hector Valer Pinto）、 瓦斯蓋茲（Mirtha Vasquez）、 貝里多（Guido Bellido Ugarte）、 馬托斯（Walter Martos）、 卡特里亞諾（Pedro Cateriano）、 希梅內斯（Juan Jimenez）、 巴爾德斯（Oscar Valdés）、 萊內爾（Rosario Fernández）、 張荷西（José Antonio Chang華裔教育部長）
文化部長	內拉（Alejandro Neyra）

牙買加

首都	京斯敦Kingston
總理	霍尼斯（Andrew Holness）
	前任：米勒（Portia Simpson-Miller）、 戈丁（Bruce Golding）
大毒梟	寇克（Christopher Coke）

千里達　Republic of Trinidad and Tobago

首都	西班牙港Port of Spain

多米尼克

首都	羅梭Roseau
總理	史卡利（Roosevelt Skerrit）
總統	薩瓦林（Charles Savarin）

十四、歐洲

法國	
首都	巴黎Paris
總統府	艾麗榭宮（Elysee Palace）
總統	馬克宏（Emmanuel Macron）
第一夫人	特羅尼厄（Brigitte Trogneux）
	前任：歐蘭德（Francois Hollande，前女友：崔威勒Valerie Trierweiler 巴黎競賽周刊記者、賀雅爾Segolene Royal社會黨前總統候選人）、沙科吉（Nicolas Sarkozy，妻子：布魯尼Carla Bruni，前妻：西西莉亞Cecilia Attias）、席哈克（Jacques Chirac）、季斯卡（Valery Giscard d'Estaing）、密特朗（FrancoisMitterrand）
總理	卡斯泰（Jean Castex）
	前任：菲利普（Edouard Philippe）、卡澤納夫（Bernard Cazeneuve）、瓦爾斯（Manuel Valls）、艾侯（Jean-Marc Ayrault）、費庸（Francois Fillon）、德維立潘（Dominique de Villepin）、喬斯潘（Lionel Jospin）、居貝（Alain Juppe）

外交部長及歐洲部長	勒德里昂（Jean-Yves Le Drian）
	前任：庫希（Bernard Kouchner）、艾利歐馬利（Michele Alliot-Marie）、居貝（Alain Juppe）、艾侯（Jean-Marc Ayrault）
財政部長	勒麥爾（Bruno Le Maire）
國防部長	帕利（Florence Parly）
文化部長	巴舍洛（Roselyne Bachelot）
經濟部長	勒麥爾（Bruno Le Maire）
內政部長	達馬南（Gerald Darmanin）
巴黎市長	希達哥（Anne Hidalgo）

萊雅（L'Oreal）繼承人、法國女首富：
莉莉安・貝登古（Liliane Bettencourt）

路易威登（LVMH）集團董事長：
阿諾特（Bernard Arnault法國首富）

羅浮宮館長：狄卡爾（Laurence des Cars）

查理周刊Charlie Hebdo：
巴黎諷刺雜誌，總部2015.1.7遭恐襲12死
兄弟檔兇手：塞德・柯瓦奇（Said Kouachi）、
且利夫・柯瓦奇（Cherif Kouachi）
周刊總編輯：比亞德（Gerard Biard）

2017總統候選人

（保守派）共和黨：費庸（Francois Fillon）

（極右派）國民聯盟（前身為民族陣線 National Front）
黨魁：瑪琳・雷朋（Marine Le Pen，父：尚馬力·雷朋 Jean-Marie Le Pen）

極右派總統參選人：澤穆爾（Éric Zemmour）	
社會黨（PS）：阿蒙（Benoit Hamon）	
（極左翼）左派陣線領導人：梅朗雄（Jean-Luc Melenchon）	
中間派獨立候選人：共和前進黨馬克宏	

*非洲中部的盧安達1994年發生種族滅絕大屠殺：
胡圖族（Hutu）與圖西族（Tutsis），法國密特朗政
府與發動大屠殺的胡圖族政府走得很近
盧安達現任總統卡加米（Paul Kagame）

德國

首都	柏林Berlin
總理	蕭茲（Olaf Scholz 曾任財長）
	前任：梅克爾（Angela Merkel）、施洛德（Gerhard Schroder）、柯爾（Helmut Kohl，妻子：麥柯 Maike Kohl-Richter）
副總理	哈柏克（Robert Habeck 兼經濟部長）
	前任：蕭茲（Olaf Scholz）、加布里爾（Sigmar Gabriel）
總統（虛位元首）	史坦麥爾（Frank-Walter Steinmeier）
	前任：高克（Joachim Gauck）、柯勒（Horst Koehler）、沃爾夫（Christian Wulff）
財政部長	林德納（Christian Lindner）
	前任：蕭茲（Olaf Scholz）、蕭伯樂（Wolfgang Schauble）、拉嘉德（Christine Lagarde）

經濟部長	哈柏克（Robert Habeck）
	前任：阿特邁爾（Peter Altmaier）、齊普里斯（Brigitte Zypries）
外交部長	貝爾伯克（Annalena Baerbock史上首位女外長）
	前任：馬斯（Heiko Maas）、史坦麥爾（Frank-Walter）、韋斯特韋勒（Guido Westerwelle）、加布里爾（Sigmar Gabriel）
國防部長	卡倫鮑爾（Annegret Kramp-Karrenbauer）
	前任： 范德賴恩（Ursula von der Leyen首位女防長）、德梅齊埃（Thomas de Maiziere）、古騰堡（Karl-Theodor zu Guttenberg）
內政部長	賽賀佛（Horst Seehofer）
	前任：德梅齊埃（Thomas de Maiziere）、弗里德里希（Hans-Peter Friedrich）
司法部長	蘭布雷希特（Christine Lambrecht）
	前任：馬斯（Heiko Maas）、史納倫貝爾格（Sabine Leutheusser-Schnarrenberger）
交通部長	蘇爾（Andreas Scheuer）
	前任：杜布林德（Alexander Dobrindt）
衛生部長	史巴恩（Jens Spahn）

聯邦反壟斷署（Federal Cartel Office）署長	孟特（Andreas Mundt）
基民黨黨魁	拉謝特（Armin Laschet ）
	前任： 卡倫鮑爾（Annegret Kramp-Karrenbauer）
基民黨副黨魁	克勒克納（Julia Kloeckner）
基督教社會黨（CSU）黨魁	索德（Markus Soeder）
社民黨黨魁	舒茲（Martin Schulz）
綠黨主席	貝爾伯克（Annalena Baerbock）、羅斯（Claudia Roth）（雙主席）
自由民主黨	林德納（Christian Lindner）
	前任：庫比奇（Wolfgang Kubicki）
另類選擇黨AfD黨魁	高蘭（Alexander Gauland），反移民政黨
	前任：佩特里（Frauke Petry）
左派黨Left party	2014年12月拿下圖林根邦Thuringen執政權，為東西德統一以來首見，由拉梅洛（Bodo Ramelow）擔任邦總理
梅克爾宿敵	麥茲（Friedrich Merz）
佩吉達	反移民團體，歐洲愛國者抵制西方伊斯蘭化（簡稱PEGIDA，全名「歐洲愛國者反對西方國家伊斯蘭化」） 發源地：德勒斯登Dresden
科隆市長	芮克（Henriette Reker）

柏林市長	梅勒（Michael Maeller）
柏林圍牆	1989年被推倒，殘餘的圍牆成為歷史見證。遺跡中有廣為人知的「東邊藝廊」East Side Gallery
車神	舒馬赫（Michael Schumacher 2013.12.29滑雪腦傷昏迷，2014.6.16脫離昏迷狀態） 舒馬赫經紀人：莎賓柯姆（Sabine Kehm）
福斯汽車 Volkswagen 執行長	穆勒（Matthias Mueller）
	前任：溫特柯恩（Martin Winterkorn）
駐中國大使	弗洛爾（Patricia Flor 女，待確認）
	前任：賀岩（Jan Hecker）、 葛策（Clemens von Goetze）
英國	
首都	倫敦London
首相	強森（Boris Johnson保守黨黨魁，第一女友席孟茲Carrie Symonds）
	前任：梅伊（Theresa May）、 卡麥隆（David Cameron， 妻子：莎曼珊Samantha Cameron）、 布朗（Gordon Brown， 妻子：莎拉Sarah Macaulay Brown）、 布萊爾（Tony Blair）、 柴契爾夫人（Margaret Thatcher）、 威爾森（Harold Wilson）
副首相	拉布（Dominic Raab兼司法大臣）
	前任：克萊格（Nick Clegg自由黨， 妻子：米瑞安Miriam Clegg）

強森首席幕僚	康明斯（Dominic Cummings）
財政大臣	蘇納克（Rishi Sunak）
	前任：賈維德（Sajid Javid）、哈蒙德（Philip Hammond，亦譯夏文達）、歐斯本（George Osborne）
內政大臣	巴特爾（Priti Patel）
	前任：賈維德（Sajid Javid）、魯德（Amber Rudd）、梅伊（Theresa May）
新內閣辦公室部長	巴克萊（Stephen Barclay）
脫歐事務大臣	弗羅斯特（David Frost）
	前任：巴克萊（Stephen Barclay）、拉布（Dominic Raab）、戴維斯（David Davis）
國防大臣	華萊士（Ben Wallace）
	前任：莫丹特（Penny Mordaunt）、威廉森（Gavin Williamson）、法隆（Michael Fallon）
外交大臣	特拉斯（Liz Truss，史上第二位女外長，兼任婦女與平等大臣）
	前任：拉布（Dominic Raab）、韓特（Jeremy Hunt）、強森（Boris Johnson）、哈蒙德（Philip Hammond）、赫格（William Hague）、米勒班（Ed Miliband）

教育大臣	查哈威（Nadhim Zahawi）
	前任：威廉森（Gavin Williamson）
衛生大臣	賈維德（Sajid Javid）
	前任：韓考克（Matthew Hancock）、亨特（Jeremy Hunt）
國際貿易大臣	屈維里安（Anne-MarieTrevelyan）
	前任：特拉斯（Liz Truss）
住房大臣	戈夫（Michael Gove）
	前任：詹里克（Robert Jenrick）
數位、文化、媒體暨體育大臣	多里斯（Nadine Dorries）
	前任：陶敦（Oliver Dowden）
環境大臣	尤斯提斯 （George Eustice）
倫敦市長	沙迪克汗（Sadiq Khan是位穆斯林）
	前任：強森（Boris Johnson）
倫敦金融城市長	盧德（Lord Mayor Ian Luder）
獨立黨UKIP黨魁	法拉吉（Nigel Farage已辭職，現爲脫歐黨黨魁，被視爲脫歐教父）
工黨黨魁	斯坦默（Keir Starmer）
	前任：柯賓（Jeremy Corbyn）、米勒班（Ed Miliband）
自由民主黨黨魁	史溫森（Jo Swinson）
	前任：法倫（Tim Farron）、克雷格（Nick Clegg）
綠黨黨魁	班奈特（Natalie Bennett）
前英國駐美大使	達洛許 （Kim Darroch）

倫敦機場	希斯洛機場（Heathrow Airport） 蓋維克機場（Gatwick Airport）
英國王室：肯辛頓宮	
女王	伊麗莎白二世（Queen Elizabeth II）
王夫	菲立普親王（Prince Philip, Duke of Edinburgh，2021.4.9病逝，享壽99歲）
王儲	查理（HRH Prince Charles，亡妻：黛安娜、黛妃Diana Frances）
王儲妻	卡蜜拉（HRH Camilla）
查理之弟	安德魯王子（Prince Andrew約克公爵）
王子	威廉（HRH Prince William, Duke of Cambridge劍橋公爵、斯特拉森伯爵、卡里克弗格斯男爵）
	威廉妻：凱特（Kate Middleton劍橋公爵夫人Duchess of Cambridge，非貴族後裔，無法成為「王妃」，全名：凱特·密道頓，可稱凱特）
	凱特之妹：琵琶·密道頓（Pippa Middleton） 威廉之子：喬治王子（Prince George）、路易王子（Prince Louis） 威廉之女：夏綠蒂公主（Princess Charlotte）
	哈利（Prince Henry, Duke of Sussex薩塞克斯公爵）

	哈利妻：梅根 （Meghan Markle, Duchess of Sussex 薩塞克斯公爵夫人， 非貴族後裔，無法成爲「王妃」， 全名：梅根·馬克爾，可稱梅根）
	哈利之子：亞契（Archie） 哈利之女：莉莉貝（Lilibet） 哈利前女友： 克萊希達·波納（Cressida Bonas，英國 女模特兒）
蘇格蘭	
首都	愛丁堡Edinburgh
首席大臣	施特金（Nicola Sturgeon蘇格蘭民族黨 SNP黨魁）
	薩孟德（Alex Salmond）
北愛爾蘭	
首都	貝爾法斯特Belfast
首席部長	阿琳·福斯特（Arlene Foster）
	前任：羅賓遜（Peter Robinson）
首席副部長	歐尼爾（Michelle O'Neill，女， 新芬黨領袖）
	麥金尼斯（Martin McGuinness 曾是愛爾蘭共和軍IRA指揮官，已病逝）

北愛民主統一黨DUP黨魁	唐納森（Jeffrey Donaldson），北愛爾蘭的兩大聯合派政黨之一，主張北愛爾蘭繼續留在英國
	前任：蒲茨（Edwin Poots）、阿琳‧福斯特（Arlene Foster）

﹡社會民主勞工黨SDLP：前黨魁修姆（John Hume），讓北愛結束數十年血腥暴力回歸和平，曾獲1998年諾貝爾和平獎，2020.8.3去世

愛爾蘭

首都	都柏林Dublin
總理	麥克‧馬丁（Micheal Martin）
	前任：肯尼（Enda Kenny）、考恩（Brian Cowen）、艾恆（Bertie Ahern）、瓦拉德卡（Leo Varadkar）
副總理	瓦拉德卡（Leo Varadkar）
總統（虛位元首）	希金斯（Michael D‧Higgins）
	前任：麥亞里斯（Mary McAleese）
財政部長	杜諾荷（Paschal Donohoe，歐元區新主席，亦譯唐納修）
	前任：努南（Michael Noonan）
統一黨黨魁	瓦拉德卡（Leo Varadkar）
	前任：肯尼（Enda Kenny）

工黨黨魁	伯頓（Joan Burton）
	前任：吉爾摩爾（Eamon Gilmore）
新芬黨黨魁	歐尼爾（ Michelle O'Neill 女） 新芬黨原是愛爾蘭共和軍 （Irish Republican Army）政治組織，主張建立一個囊括整個愛爾蘭島的共和國，包括北愛爾蘭和目前的愛爾蘭共和國
	前任：亞當斯（Gerry Adams）
義大利	
首都	羅馬Rome
總理	德拉基（Mario Draghi）
	前任：孔蒂（Giuseppe Conte）、倫齊（Matteo Renzi）、雷塔（Enrico Letta）、蒙提（Mario Monti）、貝魯斯柯尼（Silvio Berlusconi）、甘蒂洛尼（Paolo Gentiloni）
前副總理	薩維尼（Matteo Salvini）
總統 （虛位元首）	馬塔雷拉（Sergio Mattarella）
	前任：納波里塔諾（Giorgio Napolitano）
民主黨 （Democratic Party, PD）黨魁	辛加雷提（Nicola Zingaretti）執政黨
	前任：倫齊（Matteo Renzi）

新聞詞彙，你用對了嗎？ — 國際篇

外交部長	迪馬尤（Luigi Di Maio）
	前任：簡提洛尼（Paolo Gentiloni）、莫哈里妮（Federica Mogherini）、德濟（Giulio Terzi）、佛拉第尼（Franco Frattini）
央行總裁	維斯柯（Ignazio Visco）
	前任：德拉基（Mario Draghi）
財政部長	嘉提葉里（Roberto Gualtieri）
	前任：特里亞（Giovanni Tria）、特雷蒙第（Giulio Tremonti）
文化部長	弗朗西斯奇尼（Dario Franceschini）
羅馬市長	拉吉（Virginia Raggi女）
	前任：馬里諾（Ignazio Marino）、艾列曼諾（Gianni Alemanno）
杜林市長	雅平蒂諾（Chiara Appendino女）
葡萄牙	
首都	里斯本Lisbon
總理	柯斯塔（Antonio Costa社會黨）
	前任：柯耶洛（Pedro Passos Coelho社會民主黨PSD黨魁）、蘇格拉底（Jose Socrates）
總統（虛位元首）	德索沙（Marcelo Rebelo de Sousa）
	前任：席爾瓦（Anibal Cavaco Silva）

財政部長	沈德諾（Mario Centeno前任歐元區主席）
	前任：艾布奎克（Maria Luis Albuquerque）、加斯柏（Vitor Gaspar）
衛生部長	特米多（MarTa Temido）

西班牙

首都	馬德里Madrid
總理	桑傑士（Pedro Sánchez社會勞工黨）
	前任：拉霍伊（Mariano Rajoy）、薩帕特羅（Jose Zapatero）
副總理	伊格萊西亞斯（Pablo Iglesias）
	前任：卡爾沃（Carmen Calvo）
加泰隆尼亞自治區政府主席	托拉（Quim Torra）
	前任：普伊格蒙特（CarlesPuigdemont）
經濟部長	卡爾維諾（Nadia Calvino）

王室

國王	菲利佩（Prince Felipe）
王后	奧蒂茲（Letizia Ortiz）
歐洲最小王儲	蕾奧諾（Leonor，2014年8歲）
前任國王	胡安卡洛斯一世（Juan Carlos I，可稱卡洛斯，王后：索菲亞Queen Sofia，公主：克利斯蒂娜Cristina，公主之夫：烏丹加林Inaki Urdangarin）

冰島	
首都	雷克雅維克Reykjavíkurborg
總統（虛位元首）	約翰尼森（Gudni Johannesson）
	前任：葛林森（Olafur Grimsson）
總理	雅各多蒂爾（Katrín Jakobsdóttir）
	前任： 西于爾扎多蒂（Jóhanna Sigurðardóttir）、 貝內迪克松（Bjarni Benediktsson 獨立黨黨魁）、 岡勞格森（Sigmundur David Gunnlaugsson 進步黨黨魁，因巴拿馬文件案下台）、 哈德（Geir Haarde）

捷克	
首都	布拉格Prague
總統	齊曼（Milos Zemanvup首位直選）
	前任：克勞斯（Vaclav Klaus）、 哈維爾（Vaclav Havel）
總理	費亞拉（Petr Fiala）
	前任： 巴比斯（Andrej Babis「捷克川普」）、 索博特卡（ Bohuslav Sobotka）、 魯斯諾克（Jiri Rusnok）、 內恰斯（Petr Necas）、 托波拉內克（Mirek Topolánek）
參議院議長	韋德齊（Miloš Vystrčil）

布拉格市長	賀瑞普（Zdeněk Hřib）
衛生部長	渥伊泰赫（Adam Vojtech已請辭）

瑞典

首都	斯德哥爾摩Stockholm
總理	安德森（Magdalena Andersson，史上第一位女總理）
	前任：勒夫文（Stefan Lofven）、萊恩菲爾德（Fredrik Reinfeldt）
國防部長	胡爾特奎斯特（Peter Hultqvist）
	前任：恩斯圖姆（Karin Enstrom）
衛生部長	威克史卓姆（Gabriel Wikstrom 29歲帥哥部長）
外交部長	林德（Ann Linde）
	前任：瓦爾斯特倫（Margot Wallstroem）
瑞典環保女孩	童貝里（Greta Thunberg，前譯桑柏格）

王室

國王	卡爾十六世・古斯塔夫（Carl XVI Gustaf）
王后	西維亞（Queen Silvia）
公主	瑪德琳（Princess Madeleine 夫：紐約銀行家歐尼爾Christopher O'Neill）
王儲	維多利亞公主（Princess Victoria）
第三王位繼承人	菲立普王子（Prince Carl Philip，王妃：赫兒維斯特Sofia Hellqvist）

丹麥

首都	哥本哈根Copenhagen
總理	佛瑞德里克森（Mette Frederiksen女）
	前任： 拉斯穆森（Lars Lokke Rasmussen）、 桑寧・施密特（Helle Thoming-Schmidt）
國防部長	布拉姆森（Trine Bramsen）

王室

女王	瑪格麗特二世（Margrethe II）
王夫	亨瑞克親王（Prince Henrik）
王儲	弗雷德里克王子（Frederik）
王儲妃	唐納森（Mary Elizabeth Donaldson）

芬蘭

首都	赫爾辛基Helsinki
總統	尼尼斯托（Sauli Niinistoe）
	前任：哈洛南（Tarja Halonen）、 阿赫蒂薩里（Martti Ahtisaari）
總理	馬林（Sanna Marin 34歲， 全球最年輕總理）
	前任：林奈（Antti Rinne）、 席比拉（Juha Sipila）、 斯圖布（Alexander Stubb）、 卡泰寧（Jyrki Katainen）、 基文妮米（Mari Kiviniemi）

格陵蘭

首都	努克Nuuk
位在北極圈附近，是在丹麥王國框架內的自治國，2008年公投後，2009年正式改制，成爲內政獨立的自治區，但外交、國防與財政相關事務仍由丹麥代理。因美國前總統川普在任時的「購島提案」，成爲國際焦點，甚至因爲被丹麥大潑冷水而演變成小型外交風暴	
總理	基爾森（Kim Kielsen）
	前任：柯雷斯特（Jakob Edvard Kuupik Kleist）

匈牙利

首都	布達佩斯Budapest
總統	艾德（Janos Ader）
	前任：施米特（Pal Schmitt）
總理	奧班（Viktor Orban）
外交和貿易部長	西亞爾托（Peter Szijjarto）

波蘭

首都	華沙Warsaw
總統	杜達（Andrzej Duda）
	前任： 科莫羅斯基（Bronislaw Komorowski）、 雷赫・卡欽斯基 （Lech Aleksander Kaczyński，空難身故）

總理	莫瑞維奇（Mateusz Morawiecki）
	前任：席多（Beata Szydło）、 科帕奇（Ewa Kopacz）、 圖斯克（Donald Tusk）
外交部長	札普托維奇（Jacek Czaputowicz）
法律正義黨黨魁	雅洛斯瓦夫・卡欽斯基 （Jaroslaw Kaczynski 雷赫・卡欽斯基之兄）
荷蘭	
首都	阿姆斯特丹Amsterdam
總理	呂特（Mark Rutte自民黨）
	前任：巴克南德（Jan Peter Balkenende）
財政部長	戴斯布倫（Jeroen Dijsselbloem， 曾任歐元區財政主席）
	前任：耶格（Jan Kees de Jager）
央行總裁	克諾特（Klaas Knot）
自由黨（極右翼政黨）領導人	懷爾德斯（Geert Wilders有「荷蘭川普」之稱）
王室	
國王	威廉亞歷山大（Willem—Alexander）
王后	瑪克西瑪王妃（Maxima Zorreguieta）
女王儲	阿瑪利亞公主（Catharina-Amalia 第一順位繼承人）

公主	亞歷西亞公主（Alexia）、 阿利安公主（Ariane）
前女王	畢翠克絲（Queen Beatrix， 妹妹：瑪格麗特公主Princess Margriet）

奧地利

首都	維也納Vienna
總統	范德貝倫（Alexander Van der Bellen）
	前任：費雪（Heinz Fischer）
總理	內哈默（Karl Nehammer，兼人民黨黨魁）
	前任： 查倫柏（Alexander Schallenberg）、 庫爾茨（Sebastian Kurz）、 克恩（Christian Kern）、 法伊曼（Werner Feymann）
副總理	科格勒（Werner Kogler）
	前任： 米特雷納（Reinhold Mitterlehner）、 史賓德勒格（Michael Spindelegger）
內政部長	內哈默 （Karl Nehammer）
	前任：索布卡（Wolfgang Sobotka）、 貝索爾（Wolfgang Peschorn）
衛生部長	穆克斯坦（Wolfgang Muckstei）
	前任：安斯伯（Rudolf Anschober）
財政部長	布魯莫（Gernot Bluemel）
外交部長	查倫柏（Alexander Schallenberg）
自由黨黨魁	史垂奇（Heinz-Christian Strache）

盧森堡	
首都	盧森堡市Luxembourg City
總理	貝特（Xavier Bettel民主黨）
	前任：容克（Jean-Claude Juncker 歐盟執委會主席，基督教社會黨）
副總理	施洛德（Etienne Schneider）
財政部長	葛梅格納（Pierre Gramegna）

挪威	
首都	奧斯陸Oslo
總理	斯托爾（Jonas Gahr Stoere）
	前任：瑟爾貝克（Erna Solberg女）、史托騰柏格（Jens Stoltenberg）
國防部長	索雷德（Marie Eriksen Soreide）
外交部長	修伊特費特（Anniken Huitfeldt）
	前任：布倫德（Boerge Brende）

王室	
國王	哈拉爾五世（Harald V）
王后	宋雅（Sonja）
王儲	哈康（Prince Haakon）
公主	英格麗・亞莉珊德拉（Ingrid Alexandra）
挪威雙恐攻凶手	布雷維克（Anders Behring Breivik）

比利時	
首都	布魯塞爾Brussels
總理	德克魯（Alexander de Croo）
	前任：威爾梅斯（Sophie Wilmes）、 米歇爾（Charles Michel）、 迪賀波（Elio di Rupo）、 勒德姆（Yves Leterme）、 范宏畢（Herman Van Rompuy）
副總理	吉格涅（Georges Gilkinet）、 德薩特（Petra De Sutter）、 威爾梅斯（Sophie Wilmes，兼外長）
外交部長	威爾梅斯（Sophie Wilmes）
內政部長	德克姆（Pieter De Crem）
王室	
國王	菲力普（Philippe Leopold Louis Marie， 史丹福大學政治學碩士）
王后	瑪蒂爾德（Mathilde）
退位國王	艾伯特二世（King Albert II， 妻子：法比奧拉Fabiola）
公主	艾思特瑞德（Astrid，國王之妹）

科索沃

首都	普里士提納Pristina
總統	奧斯曼尼（Vjosa Osmani，法學教授，女性）
	前任：塔其（Hashim Thaci）、阿蒂費特‧亞希雅加（Atifete Jahjaga）、塞迪（Fatmir Sejdiu）
總理	庫提（Albin Kurti）
	前任：霍蒂（Avdullah Hoti）、穆斯塔法（Isa Mustafa）

塞爾維亞

首都	貝爾格勒Belgrade
總統	武契奇（Aleksandar Vucic）
	前任：尼柯利奇（Tomislav Nikolic 塞爾維亞進步黨）、塔迪（Boris Tadic民主黨）
總理	安娜‧布納比奇（Ana Brnabic）
	前任：武契奇（Aleksandar Vucic）、達契奇（Ivica Dacic）
強人	米洛塞維奇（Slobodan Milosevic，已故，「巴爾幹屠夫」）
落網的歐洲頭號戰犯	穆拉迪契（Ratko Mladic「波士尼亞屠夫」，前波士尼亞塞裔部隊指揮官，前塞爾維亞裔領袖卡拉迪契Radovan Karadzic左右手）

阿爾巴尼亞

首都	地拉那Tirana
總理	拉瑪（Edi Rama）
	前任：貝里沙（Sali Berisha）
總統	梅塔（Ilir Meta，無實權，「融合社會運動」黨魁）

希臘

首都	雅典Athens
總理	米佐塔基斯（Kyriakos Mitsotakis）
	前任：齊普拉斯（Alexis Tsipras）、薩瑪拉斯（Antonis Samaras反對黨領袖、新民主黨黨魁）、巴帕德莫斯（Lucas Papademos）、巴本德里歐（George Papandreou）
總統（虛位元首）	薩克拉洛普魯（Ekaterini Sakellaropoulou希臘史上第一位女總統）
	前任：帕夫洛普洛斯（Prokopis Pavlopoulos）、帕波里亞斯（Karolos Papoulias）
財政部長	斯泰庫拉斯（Christos Staikouras）
	前任：查卡洛托斯（Euclid Tsakalotos）、瓦魯法吉斯（Yanis Varoufakis）、史托納拉斯（Yannis Stournaras）、拉帕諾斯（Vassilis Rapanos）、范尼塞洛斯（Evangelos Venizelos泛希臘社會運動黨黨魁）

外交部長	登迪亞斯（Nikos Dendias）
	前任：柯吉亞斯（Nikos Kotzias）、艾弗拉莫普洛斯（Dimitris Avramopoulos）
難民經土耳其登陸希臘的主要島嶼之一：萊斯博斯島Lesbos	

王室

王儲	帕夫洛斯（Pavlos）
王妃	瑪麗尚塔爾（Marie-Chantal）
公主	瑪麗亞奧林匹婭（Maria-Olympia）

俄羅斯

首都	莫斯科Moscow
總統	普亭（Vladimir Putin曾擔任總理，領導團結俄羅斯黨）
	前任：葉爾欽（BorisYeltsin）、麥維德夫（Dmitry Medvedev）
第一夫人	柳德米拉（Lyudmila Putina） 女友：安娜・查普曼（Anna Chapman 艷諜、名模）、 卡巴耶娃（Alina Kabaeva 奧運韻律體操金牌）
總理	米舒斯京（Mikhail Mishustin）
	前任：麥維德夫（Dmitry Medvedev）
副總理	特魯特涅夫（Yury Trutnev兼總統駐遠東聯邦區全權代表）
	前任：羅格辛（Dmitry Rogozin）、蘇科夫（Vladislav Surkov）

第一副總理	貝洛索夫（Andrei Belousov）
	前任：舒瓦洛夫（Igor Shuvalov）
前蘇聯領導人	戈巴契夫（Mikhail Gorbachev）
外交部長	拉夫羅夫（Sergei Lavrov）
副外交部長	瑞波科夫（Sergei Ryabkov）、梅什科夫（Aleksey Meshkov）
國防部長	蕭依古（Sergei Shoigu）
	前任：謝爾久科夫（Amnatoli Serdjukow）、伊凡諾夫（Sergei Ivanov）
經濟部長	芮希尼科夫（Maksim Reshetnikov）
	前任：伍留卡耶夫（Alexei Ulyukayev）
財政部長	希魯阿諾夫（AntonSiluanov）
海軍總司令	葉夫梅諾夫（Nikolai Yevmenov）
駐聯合國大使	涅班濟亞（Vassily Nebenzia）
	前任：朱爾金（Vitaly Churkin）
駐美大使	安托諾夫（Anatoly Antonov）
駐中國大使	杰尼索夫（Andrey Denisov）

其他

車諾比核電廠（Chernobyl nuclear Plant）
國家杜馬（即下議院）

俄國反對派領袖納瓦尼（Alexei Navalny）

俄國間諜斯克里帕爾父女（父親Sergei Skripal，女兒尤利婭Yulia Skripal，2018年3月兩人在英國遭到神經毒劑襲擊）

富豪：雷貝德夫（Alexander Lebedev） 前首富、石油大亨：柯多可夫斯基（Mikhail Khodorkovsky）	
逃亡經濟學家：古里耶夫（Sergei Guriev）	
俄版「派瑞絲希爾頓」：索伯查克（Ksenia Sobchack反普亭名媛）	
暴動小貓Pussy Riot成員： 托洛科尼可娃（Nadezhda Tolokonnikova）、 艾廖希娜（Maria Alyokhina）、 珊姆慈維奇（Yekaterina Samutsevich）	
2014冬奧舉辦地：索契Sochi（不用素溪）	
2006.11.23前間諜倫敦中毒身亡： 李維南科（Alexander Litvinenko， 遺孀：瑪莉娜Marina Litvinenko， 嫌犯：科夫通Dmitry Kovtun、 盧戈沃伊Andrei Lugovoi，死因：放射性元素鉈）	
車臣共和國Chechnya　首府：格羅茲尼Grozny 領袖：卡狄羅夫（Ramzan Kadyrov親俄）	

烏克蘭

首都	基輔Kiev
總統	澤倫斯基（Volodymyr Zelensky 喜劇演員）
	前任： 波羅申科（Petro Poroshenko巧克力大王）、 圖奇諾夫（Oleksander Turchinov 臨時總統）、 亞努科維奇（Viktor Yanukovych）、 尤申科（Viktor Yushchenko）、 庫契馬（Leonid Kuchma）

總理	史米加（Denys Shmygal）
	前任：岡查魯克（Oleksiy Goncharuk）、葛羅伊斯曼（Volodymyr Groysman）、亞琛紐克（Arseniy Yatsenyuk人民陣線黨）、阿札洛夫（Mykola Azarov）、季莫申科（Yulia Tymoshenko女）、亞努科維奇（Viktor Yanukovych）
國防部長	列茲尼科夫（Aleksey Reznikov）
外交部長	庫列巴（Dmytro Kuleba）

人權運動者：阿列克謝伊娃（Lyudmila Alexeyeva）
2014.5.11獨立公投城市： 盧甘斯克市Lugansk、史拉夫揚斯克Slovyansk
「盧甘斯克人民共和國」Lugansk領袖： 帕斯特爾奈克（Leonid Pasechnik）
頓內茨克Donetsk領袖：普希林（Denis Pushilin）
克里米亞總理：阿克瑟諾夫（Sergey Aksyonov）

羅馬尼亞

首都	布加勒斯特Bucharest
前獨裁者	希奧塞古（Ceausescu）
總統	伊爾哈尼斯（Klaus Iohannis）
	前任：伯塞斯庫（Traian Basescu）、安托內斯古（Crin Antonescu代理）、納斯塔斯（Adrian Nastase）

總理	盧多維克・奧爾班（Ludovic Orban）
	前任：喬洛什（Dacian Ciolos）、彭塔（Victor Ponta）
外交部長	奧雷斯庫（Bogdan Aurescu）

賽普勒斯

首都	尼柯西亞Nicosia
總統	阿納斯塔西亞迪斯（Nicos Anastasiades）
	前任： 克里斯托菲亞斯（Dimitris Christofias，已故）
內政部長	努利斯（Nicos Nouris）

馬爾他

首都	法勒他Valletta
總統	喬治・韋拉（George William Vella KUOM）
總理	羅伯特・阿貝拉（ robert abela）
	前任：馬斯卡特（Joseph Muscat）

克羅埃西亞

首都	札格雷布Zagreb
總統	米蘭諾維奇（Zoran Milanovic左翼前總理）
	前任：季塔洛維奇 （Kolinda Grabar-Kitarovic第一位女總統）、喬西波維奇（ Ivo Josipovic）

總理	普蘭科維奇（Andrej Plenkovic）
	前任：米蘭諾維奇（Zoran Milanovic）
馬其頓	（北馬其頓共和國）
首都	史高比耶Skopje
總統	潘達洛夫斯基（Stevo Pendarovski）
	前任：伊萬諾夫（Gjorge Ivanov）
總理	史巴索夫斯基（Oliver Spasovski）
	前任：薩耶夫 （Zoran Zaev社會民主黨領袖）
斯洛維尼亞	
首都	盧布里雅納Ljubljana
總統	博魯特·巴荷（Borut Pahor）
總理	詹沙（Janez Jansa）
	前任：塞拉爾（Miro Cerar）、 布拉圖舍克（Alenka Bratusek）
象牙海岸	
首都	亞穆蘇克羅Yamoussoukro
總統	瓦達哈（Alassane Ouattara）
	前任：葛巴保（Laurent Gbagbo）
白俄羅斯	
首都	明斯克Minsk
總統	盧卡森科（Alexander Lukashenko）

記者兼散文作家	亞歷塞維奇（Svetlana Alexievich，2015年諾貝爾文學獎得主）
代夫出征的家庭主婦	季哈諾夫斯卡亞（Svetlana Tikhanovskaya）
反對派領袖	柯列斯尼可娃（Maria Kolesnikova）
梵蒂岡	（教廷）
教宗	方濟（Pope Francis 2013.3.19就職）
	前任：本篤十六世（Benedictus XVI）、若望保祿二世（Ioannes Paulus II）
保加利亞	
首都	索非亞Sofia
總統	雷德夫（Rumen Radev）
	前任：普列夫內利耶夫（Rosen Plevneliev 保加利亞公民歐洲發展黨GERB，中間偏右）、帕瓦諾夫（Georgi Parvanov）
總理	波瑞索夫（Boyko Borisov）
外交部長	卡拉卡徹諾夫（Krasimir Karakachanov）
	前任：米托夫（Daniel Mitov）、波科娃（Irina Bokova聯合國教科文組織祕書長）
首席檢察官	蓋謝夫（Ivan Geshev）

波士尼亞與赫塞哥維納（簡稱波赫）	
首都	塞拉耶佛Sarajevo

摩納哥	
首都	摩納哥Monaco
最大城	蒙特卡羅Monte Carlo

王室	
元首	艾伯特親王（Albert II）
王妃	維特施托克（Princess Charlene 南非奧運游泳選手）
已故親王	雷尼爾親王（Rainier III 艾伯特之父，妻子：葛麗絲凱莉Grace Kelly好萊塢影后，已故，長女：卡洛琳公主Princess Caroline，現任丈夫、漢諾威親王：恩斯特Prince Ernst）

愛沙尼亞	
首都	塔林Tallinn
總統	卡里斯（Alar Karis）
	前任：卡尤萊德（Kersti Kaljulaid，波羅的海國家首位女總統）、伊佛斯（Toomas Hendrik Ilves）
總理	拉塔斯（Juri Ratas）
	前任：羅伊瓦斯（Taavi Roivas）、安普希（Andrus Ansip）

曾是蘇聯共和國成員，2011年起採用歐元，成為歐元區第17個成員國，也是最小、最窮的成員國

斯洛伐克

首都	布拉提斯拉瓦Bratislava
總統	查普托娃（Zuzana Caputova）
	前任：基斯卡（Andrej Kiska）、蓋斯帕洛維奇（Ivan Gasparovic）
總理	赫格（Eduard Heger）
	前任： 馬托維奇（Igor Matovic，購買俄疫苗惹議辭職，與財長互換位置）、 費格（Robert Fico）、 拉蒂科娃（Iveta Radicova）
財政部長	伊戈爾・馬托維奇（Igor Matovic）
	前任：赫格（Eduard Heger

蒙特内哥羅

首都	波德里查Podgorica
總統	朱卡諾維奇（Milo Djukanovic）
	前任：武亞諾維奇（Filip Vujanovic）

立陶宛	
首都	維爾紐斯Vilnius
總統	諾賽達（Gitanas Nauseda）
	前任：格里包斯凱特 （Dalia Grybauskaite首位女總統）
外交部長	藍茲柏吉斯（Gabrielius Landsbergis）
拉脫維亞	
首都	里加Riga
總統	列維特斯（Egils Levits）
	前任：維永尼斯（Raimonds Vejonis）、 貝爾辛斯（Andris Berzins）
總理	卡林斯（Krisjanis Karins）
	前任： 史特拉尤瑪（Laimdota Straujuma）、 托姆布洛夫斯基斯（Valdis Dombrovskis）

新聞詞彙，你用對了嗎？ ━ 國際篇

十五、東北亞

日本	
首都	東京Tokyo
首相	岸田文雄（Fumio Kishida 妻子：岸田裕子）
	前任：： 菅義偉（Yoshihide Suga自民黨主席 妻子：菅眞理子）、 安倍晉三（Shinzo Abe，妻子：安倍昭惠Akie Abe）
東京都知事	小池百合子（koike yuriko）
副首相兼 財政大臣	麻生太郎（Taro Aso）
官房長官	松野博一（Matsuno Hirokazu 細田派）
	前任：加藤勝信（Katsunobu Kato 原任厚生勞動大臣）、菅義偉
外務大臣	林芳正（Yoshimasa Hayashi）
	前任： 茂木敏充（Toshimitsu Motegi竹下派）
總務大臣	金子恭之（Yasushi Kaneko 岸田派）
	前任：武田良太（Takeda Ryota）
法務大臣	古川禎（FURUKAWA YOSHIHISA 無派閥）
	前任：上川陽子（Yoko Kamikawa）

行政改革大臣	河野太郎（Tar Kno）
防衛大臣	岸信夫（Kishi Nobuo 安倍弟弟，細田派）
	前任：河野太郎（Tar Kno 外交、國防「雙主修」人才）
環境大臣	山口壯（Tsuyoshi Yamaguchi 二階派
	前任：小泉進次郎（Shinjiro Koizumi 兼責氣候變遷問題）
奧運大臣	丸川珠代
東京奧運組織委員會（簡稱東京奧組委或東奧組委會）主席：橋本聖子（Seiko Hashimoto）	
數位大臣	牧島花蓮（Karen Makishima麻生派）
	前任：平井卓也（Takuya Hirai）
復興大臣	西銘恒三郎（Kosaburo Nishime 竹下派，兼任沖繩及北方擔當大臣）
	前任：平澤勝榮（Katsuei Hirasawa）
農林水產大臣	金子原二郎（Kaneko Genjiro 岸田派）
	前任：野上浩太郎（Kotaro Nogami）
一億總活躍大臣	坂本哲志（Tetsushi Sakamoto）
厚生勞動大臣	後藤茂之（無派閥）
	前任：田村憲久（Norihisa Tamura）
厚生勞動副大臣	三原順子（Mihara Junko）
疫苗接種擔當大臣	堀內詔子（NorikoHoriuchi岸田派）
少子化擔當大臣	野田聖子（Seiko Noda無派閥）

經濟安全保障擔當大臣	小林鷹之（Takayuki Kobayashi 二階派）
文部科學大臣	末松信介（細田派）
	前任：萩生田光一（Hagiuda Koichi）
經濟再生擔當大臣	山際大志郎（麻生派）
	前任：西村康稔（Yasutoshi Nishimura）
經濟產業大臣	萩生田光一（細田派）
	前任：梶山弘志（Hiroshi Kajiyama）
財務大臣	鈴木俊一
央行總裁	黑田東彥（Haruhiko Kuroda）
國家公安委員長	二之湯智（竹下派）
	前任：小此木八郎（okonogi hachiro）
國家安全保障局長	秋葉剛
	前任：北村滋、谷內正太郎
國土交通大臣	齊藤鐵夫（公明黨副主席）
	前任：赤羽一嘉（Akaba Kazuyoshi 公明黨）
國際博覽會擔當大臣	若宮健嗣（竹下派，兼數位田園都市國家構想擔當）
國際人權擔當	中谷元
女性活躍擔當	森雅子
駐中國大使	垂秀夫（Tarumi Hideo 外務省前官房長）
	前任：橫井裕

駐德國大使	柳秀直
自民黨幹事長（祕書長）	二階俊博
人權輔佐官	中谷元

6年消耗6位首相

1. 安倍晉三（2006年9月－2007年9月，參院選舉大敗而請辭）
2. 福田康夫（2007年9月－2008年9月，支持率低迷，國會陷入僵局而閃辭）
3. 麻生太郎（2008年9月－2009年9月，眾院選舉大敗後請辭）
4. 鳩山由紀夫（2009年9月－2010年6月，處理普天間美軍基地問題失當，社民黨退出聯合政府而請辭）
5. 菅直人（2010年6月－2011年8月，處理311地震與福島核災失當而請辭）
6. 野田佳彥（2011年8月就任，2012年11月16日宣布解散眾院）

嘉手納基地：美國空軍基地，位於沖繩縣中頭郡
普天間基地：美國海軍陸戰隊航空團，位於沖繩縣宜野灣市
沖繩：古稱琉球

南韓

首都	首爾Seoul
總統	尹錫悅（Yoon Suk-yeol，妻子：金建希）
	前任：文在寅（Moon Jae-In）、 朴槿惠（Park Geun-hye）、 李明博（Li Mingbo）、 盧武鉉（Roh Moo Hyun）、 金泳三（Kim Young-sam）、 金大中（Jin Dazhong）、 盧泰愚（Lu Taiyu）、 全斗煥（Chun Doo-hwan）
總理	金富謙（Kim Boo-Kyum）
	丁世均（Chung Sye Kyun）、 李洛淵（Lee Nak-yon）、黃教安、李宗九 、鄭烘原、金滉植、鄭雲燦、韓升洙
外交部長	鄭義溶（Chung Eui-yong）
	前任：康京和（Kang Kyung-hwa，女， 聯合國祕書長特別助理）、尹炳世
副外相	崔善熙（Choe Son-Hui）
財政部長	洪楠基（Hong Nam-ki）
國防部長	徐旭（Suh Wook）
	前任：鄭景斗（Jeong Kyeong-doo）
保健福祉部長	朴淩厚（Park Neung-hoo）
	前任：宋永武、韓民求、金寬鎮

青瓦台國家安保室長	徐薰
駐中國大使	張夏成
	前任：盧英敏
駐日大使	姜昌一
首爾市長	吳世勳
	徐正協（代理）、朴元淳
釜山市長	朴亨埈
產業通商資源部通商交涉本部長	俞明希（Yoo Myung-Hee）
檢察總長	金浯洙
李明博胞兄	李相得
李明博之子	李時炯
北韓	
首都	平壤Pyongyang
國家領導人	金正恩（前譯金正銀，妻子：李雪主，兄：金正男、金正哲，妹：金雪松、金與正）
	前任：金正日（金正恩之父）
三人飛彈小組	勞動黨中央委員會第一副部長李炳哲（Ri Pyong Chol音譯），勞動黨軍需工業部副部長金正植（Kim Jong Sik音譯），國防科學院（the Academy of the National Defence Science）院長張昌合（Jang Chang Ha音譯）

核武開發骨幹	北韓核子武器研究所所長李洪燮（Ri Hong Sop音譯）、勞動黨軍火業部門主管洪星茂（Hong Sung Mu音譯）
暗殺金正男兇嫌	越南女子段氏香（Doan Thi uong）、北韓李正哲（Ri Jong Chol）、印尼女子西蒂・艾莎（Siti Aishah）、艾莎的馬來西亞男友
北韓女特務	金賢姬（Kim Hyun-hee）、元正華
前駐英國公使	太永浩（2016年脫北）
駐華大使	李龍男
人民軍總政治局長	金秀吉
	前任：金正覺、黃炳誓、崔龍海
總參謀長	朴正天
	前任：李永吉（Ri Yong-Gil，前譯李英吉）、金格植、玄永哲、李英浩
總理	金德訓（Kim Tok Hun）
	前任：金在龍、朴奉珠、崔永林、金英日
前國防委員會副委員長	張成澤（金正日妹夫，2013.12.12被處決）
第一副外相	崔善姬
長白山（兩韓稱白頭山）	

中國大陸	
首都	北京Beijing
國家主席	習近平（Xi Jinping）
	前任：胡錦濤（Hu Jintao）、江澤民
國務院總理	李克強
	前任：溫家寶、朱鎔基、李鵬、趙紫陽
駐美大使	秦剛
	前任：崔天凱
駐英大使	鄭澤光
	前任：劉曉明
常駐聯合國代表	張軍
駐日大使	孔鉉佑
駐韓大使	刑海明
駐北韓大使	王亞軍（原任中央聯絡部副部長）
	前任：李進軍
駐土耳其大使	劉少賓
駐澳洲大使	肖千
駐印尼大使	陸慷

蒙古	
首都	烏蘭巴托Ulaanbaatar
總統	呼日勒蘇赫 （Ukhnaagiin Khürelsükh）
	前任： 巴特圖爾加（Khaltmaa Battulga）、 額勒貝格道爾吉（Tsakhiagiin Elbegdorj）、 恩赫巴亞爾 （Nambaryn Enkhbayar）
總理	烏赫那‧呼日勒蘇赫 （Ukhnaagiin Khrelskh）

十六、東南亞

寮國	
首都	永珍Vientiane
總理	通倫・西蘇里（Thongloun Sisoulith）
	前任：通邢（Thongsing Thammavong）、沃拉吉（Bounnhang Vorachith）
總統	沃拉吉（Bounnhang Vorachith）
汶萊	
首都	加灣市Bandar Seri Begawan
國家元首（蘇丹）	哈山納（Hassanal Bolkiah全球王室首富）
皇后	薩莉哈（Queen Saleha）
親王	傑弗瑞（Prince Jefri Bolkiah哈山納之弟）
王儲	穆赫塔迪・比拉（Al-Muhtadee Billah）
印尼	
遷都	雅加達Jakarta
遷都	努山塔拉Nusantara，在婆羅洲的東加里曼丹省
總統	佐科威（Joko Widodo）
	前任：尤都約諾（Bambang Yudhoyono）、梅嘉娃蒂（Megawati Soekarnoputri）、蘇卡諾（Sukarno首任總統）

副總統	馬魯夫・阿敏（Ma'ruf Amin，亦譯安明）
	前任：尤素夫・卡拉（Jusuf Kalla）、波迪歐諾（Boediono）
前獨裁者	蘇哈托將軍（Suharto）
國防部長	普拉伯沃（Prabowo Subianto）
外交部長	勒特諾（Retno Marsudi）
	前任：馬提（Marty Natalegawa）
雅加達首都特區省長	阿尼斯（Anies Baswedan）
	前任：鍾萬學（Basuki Tjahaja Purnama，華裔基督徒，人稱阿學）
民主奮鬥黨主席執政黨	梅嘉娃蒂（Megawati Soekarnoputri）
最大空軍基地	因斯里克（Incirlik）
越南	
首都	河內Hanoi
總統	阮春福（Nguyen Xuan Phuc）
	前任：阮晉勇（Nguyen Tan Dung）
國家主席	阮富仲（Nguyen Phu Trong）
	前任：陳大光（Tran Dai Quang）、張晉創（Truong Tan Sang）
國家副主席	鄧氏玉盛（Dang Thi Ngoc Thinh）
	前任：阮氏緣（Nguyen Thi Doan）
越共總書記	阮富仲（Nguyen Phu Trong）

菲律賓

首都	馬尼拉Manila
總統	杜特蒂（Rodrigo Duterte）
	前任：艾奎諾三世（Benigno Aquino III） 艾若育（Gloria Arroyo）、 艾斯特拉達（Jose Marcelo Ejercito）、 馬可仕（Ferdinand Marcos，妻子： 伊美黛 Imelda，女：艾米Imee Marcos， 前任國會議員，子：費迪南・馬可仕 Ferdinand Marcos, Jr.，現為參議員）
副總統	萊妮・羅布雷多（Leni Robredo）
	前任：畢乃（Jejomar Binay）
外交部長	陸辛（Teodoro Locsin Jr.）
	前任：凱耶塔諾（Allan Peter Cayetano）、 雅賽（Perfecto Yasay Jr.）、 羅沙里歐（Albert Del Rosario）、 賈西亞（Evan Garcia）
國防部長	羅倫沙納（Delfin Lorenzana）
	前任：鐵歐多洛（Gilberto Teodoro）、 加斯明（Voltaire Gazmin）
馬尼拉市長	莫雷諾（Isko Moreno）
	前任：艾斯特拉達（Joseph Estrada）

駐中國大使	何塞・羅馬納
	（Jos Santiago L. Santa Romana）
	前任：巴希里歐（Erlinda Basilio）

恐怖組織：

菲律賓南部伊斯蘭教分離武裝組織「阿布沙耶夫」
（Abu Sayyaf）

穆斯林分離組織「莫洛國伊斯蘭自由鬥士」（BIFF）

泰國

首都	曼谷Bangkok
總理	帕拉育（Prayuth Chan-ocha）
	前任：盈拉（Yingluck Shinawatra）、 艾比希（Abhisit Vejjajiva）、 塔信（Thaksin Shinawatra）
副總理	董恩（Don Pramudwinai兼外交部長）、 蘇帕塔納彭（Supattanapong Punmeechaow 兼能源部長）
	前任：宋奇（Somkid Jatusripitak）、 塔納薩（Tanasak Patimapragorn）、 帕拉威（Prawit Wongsuwan兼國防部長）、 差林（Chalerm Yubamrung）、 蘇拉朋（Surapong）、 彭鐵（Pongthep Thepkanchana）

財政部長	阿空（Arkhom Termpittayapaisith）
	前任：普利迪
	（Predee Daochai 2020.9.2請辭）
數位經濟和社會部部長	普提蓬（Buddhipongse Punnakanta）
陸軍總司令	阿披叻（Apirat Kongsompong）
	前任：阿努彭（Anupong Paochinda）、查林猜（Chalermchai Sitthisat）
為泰黨主席	素達拉（Sudarat Keyuraphan）執政黨
民主黨主席	艾比希（Abhisit Vejjajiva）反對黨
未來前進黨黨魁	他納通（Thanathorn Juangroongruangkit）

泰皇蒲美蓬（Bhumibol Adulyadej已故，后：詩麗吉 Queen Sirikit）
泰王：瓦吉拉隆功（Maha Vajiralongkorn 后；素提妲 Suthida Vajiralongkorn na Ayudhya；王子：提幫功；前王妃：西拉斯美Srirasmi 2014.12.12放棄王室頭銜）

學運領袖	巴利（Parit Chiwarak）
人權律師	阿農（Arnon Nampha）、帕努莎亞（Panusaya Sithijirawattanakul）、帕努蓬（Panupong Jadnok）
流亡人士	帕文（Pavin Chachavalpongpun）、宋薩（Somsak Jeamteerasakul）

馬來西亞

首都	吉隆坡Kuala Lumpur
總理	依斯邁沙比利（Ismail Sabri bin Yaakob）
	前任：慕尤丁（Muhyiddin Yassin）、馬哈迪（Mahathir Mohamad）、納吉（Najib Razak）、巴達威、安華（Anwar）
國家元首、國王	阿布都拉（Al-Sultan Abdullah Ri＇ayatuddin）
	前任：穆罕默德五世（Sultan Muhammad V）
外交部長	希山慕丁（Hishammuddin Hussein，兼國防部長）

●地名／城市

麻六甲海峽、雪蘭莪（Selangor）

新加坡

首都	新加坡Singapore
總理	李顯龍（Lee Hsien Loong）
	前任：吳作棟（Goh Chok Tong）、李光耀（Lee Kuan Yew）
總統	哈莉瑪（HalimahYacob）
	前任：陳慶炎（Tony Tan Keng Yam）、納丹（S.R. Nathan）

副總理	王瑞杰（Heng Swee Keat請辭第4代接班人）兼經濟政策統籌部長
財政部長	黃循財（李顯龍接班人）
	前任：王瑞杰
衛生部長	王乙康
教育部長	陳振聲
貿工部長	顏金勇
交通部長	易華仁（S Iswaran）
柬埔寨	
首都	金邊Phnom Penh
總理	洪森（Hun Sen 原譯韓先）
已故國王	施亞努（Norodom Sihanouk）
國王	西哈莫尼（Sihamoni）
反對黨領袖	根索卡（Kem Sokha）
	前任：山嵐西（Sam Rainsy）
赤柬前領導人	喬森潘（Khieu Samphan）、努謝（Nuon Chea 判終身監禁，已故）
邊界神廟	普里維希（Praeah Vihear，國際法庭1962年判決屬柬）
東帝汶	
首都	帝利Dili
總統	古特瑞斯（Francisco Guterres，前游擊隊領袖兼獨立運動鬥士）
	前任：魯亞克（TaurMatan Ruak，前游擊隊領袖）、霍塔（José Ramos-Hortao）

總理	陶爾·馬坦·魯阿克（Taur Matan Ruak）
	前任：古斯茂（Xanana Gusmao）
緬甸	
首都	奈比多Nay Pyi Daw
總統	溫敏（Win Myint）
	前任：廷覺（Htin Kyaw，50多年來首位文人總統）、吳登盛（Thein Sein）
副總統	敏瑞（Myint Swe軍方代表）
	前任：賽茂康（Sai Mauk Kham）
國防軍總司令	敏昂萊（Min Aung Hlaing）
反對派領袖	翁山蘇姬（Aung San Suu Kyi，英籍丈夫：艾里斯，現任國務資政、緬甸外交部長及緬甸總統府辦公室部長，被視為實際上的緬甸總理，政治地位僅次於緬甸總統，屬於全國民主聯盟，簡稱全民盟）
外交部長	溫納貌倫（Wunna Maung Lwin）
爭議礦場	萊比塘銅礦（Letpadaung Copper Mine中緬合資）
后冠被拔選美佳麗	美蜜雅娜（May Myat Noe）
少數民族	洛興雅（Rohingya，穆斯林，不被政府承認身分，逃至孟加拉成為難民）

十七、中亞

喬治亞	
首都	提比里斯Tbilisi
總統	薩洛梅・祖拉比什維利 （Salome Zurabishvili）
	前任： 馬格雷希維利（Giorgi Margvelashvili）、 薩卡希維利（Mikheil Saakashvili）
總理	加里巴什維利（Irakli Garibashvili）
	前任： 格奧爾基・加哈里亞（Giorgi Gakhari）、 克維利卡什維利（Giorgi Kvirikashvili）
亞塞拜然	
首都	巴庫Baku
總統	阿利耶夫（Ilham Aliyev）
與亞美尼亞 爭議地區	納哥諾卡拉巴克 （Nagorny Karabakh，簡稱納卡）
亞美尼亞	
首都	葉里凡Yerevan
總統	薩奇席恩（Armen Sarkissian）
總理	帕辛揚（Nikol Pashinyan）
國會議長	巴布羅揚（Ara Babloyan）

哈薩克	
首都	努爾蘇丹（原名阿斯塔納Astana）
總統	托卡葉夫（Kassym-Jomart Tokayev）
	前任： 納札爾巴耶夫（Nursultan Nazarbayev）
總理	阿斯卡爾·馬明 （Asqar Uzaqbaıuly Mamın）
	前任：薩金塔耶夫 （Bakhytzhan Abdiruly Sagintayev）、 馬西莫夫 （Karim Qajymqanuly Massimov）
外交部長	卡濟哈諾夫（Yerzhan Kazykhanov）
塔吉克	
首都	杜桑貝Dushanbe
總統	拉赫莫（Emomali Rahmon）
摩爾多瓦	
首都	基希涅夫kishinev
總統	桑杜（Maia Sandu，親歐洲聯盟）
	前任：多東（Igor Dodon，親俄羅斯）、 沃羅寧（Vladimir Nicolaevici Voronin）
總理	揚·基庫（Ion Chicu）

烏茲別克

首都	塔什干Tashkent
總統	米爾濟約耶夫（Shavkat Mirziyoyev）
	前任：卡力莫夫（Islam Karimov）
遭軟禁第一千金	古莉娜拉（Gulnara Karimov）

吉爾吉斯

首都	比斯凱克Bishkek
總統	秦貝科夫（Sooronbay Jeenbekov已請辭）
	前任： 阿坦巴耶夫（Almazbek Atambayev）、 歐坦貝耶瓦（Roza Otunbayeva，女）、 巴基耶夫（Kurmanbek Bakiyev）
總理	賈帕洛夫（Sadyr Japarov）
	前任：阿比加齊耶 （Mukhammedkalyi Abylgaziev）、 博羅諾夫（Kubatbek Boronov）

阿富汗伊斯蘭酋長國

首都	喀布爾Kabul

塔利班已故前二任精神領袖：
歐瑪爾（Mullah Mohammed Omar）
曼蘇爾（Mullah Akhtar Mohmmad Mansour）

現任精神領袖：阿洪扎達（Mawlawi Hibatullah Akhundzada）

塔利班政治委員會負責人：巴拉達（Abdul Ghani Baradar）

塔利班暴力派系的領袖：哈卡尼（Khalil Haqqani）

最高領袖：艾昆薩達（Haibatullah Akhundzada）

塔利班發言人：穆賈希德（Zabihullah Mujahid）、 阿瑪迪（Qari Yousuf Ahmadi）、夏亨（Suhail Shaheen）	
反塔利班領袖：小馬樹德（Ahmed Massoud，知名反 塔利班戰士馬樹德Ahmed Shah Massoud之子）	
伊斯蘭國的區域分支「呼羅珊伊斯蘭國」 （Islamic State-Khorasan，或稱ISIS-K）	
臨時總理	艾昆德（Mullah Mohammad Hasan Akhund）
副總理	巴拉達（Abdul Ghani Baradar）、 哈納菲（Abdul Salam Hanafi）
國防部長	雅庫布（Mullah Mohammad Yaqoob， 塔利班創始人歐瑪爾Mullah Mohammad Omar之子）
外交部長	阿米爾汗穆塔奇（Mullah Amir Khan Muttaqi）
內政部長	哈卡尼（Sirajuddin Haqqani）
總統	甘尼（Ashraf Ghani，流亡阿聯， 妻子：魯拉 Rula）
	前任：卡薩（Hamid Karzai）
副總統	阿卜杜勒・拉希德・杜斯塔姆 （Abdul Rashid Dostum）
第一副總統	薩利赫
	前任：丹奈許 （Sarwar Danesh/Sarwar Danish）

●地名／城市	
潘杰希爾河谷（Panjshir）	

土耳其	
首都	安卡拉Ankara
總統	厄多岡（Tayyip Erdogan）
	前任：莒內（Abdullah Gul）
總理	尤迪倫（Binali Yildirim）
	前任：達武特奧盧（Ahmet Davutoglu）
庫德族歐巴馬	德米塔斯（Selahattin Demirtas，人民民主黨HDP領袖）
財政部長	阿爾巴伊拉克（Berat Albayrak）
	前任：希姆謝克（Mehmet Simsek）、阿格巴爾（Naci Agbal）
外交部長	卡夫索格魯（Mevlut Cavusoglu）
衛生部長	克扎（Fahrettin Koca）
庫德工人黨（PKK）	
極左政黨	革命人民解放黨陣線（Revolutionary People's Liberation Party–Front，DKHP-C，被英美歐盟列為恐怖組織）
國父	凱末爾（Mustafa Kemal Ataturk）
最大空軍基地	因斯里克（Incirlik）
央行總裁	考哲歐魯（Sahap Kavcioglu）
	前任：阿巴爾（Naci Agbal）

十八、南亞

印度	
首都	新德里New Delhi
總統	柯文德（Ram Nath Kovind）
	前任：穆克吉（Pranab Mukherjee）、巴蒂爾（Pratibha Devisingh Patil）
總理	莫迪（Narendra Modi，妻子：賈秀達本Jashodaben Modi）
	前任：辛格（Manmohan Singh）、拉吉夫‧甘地（Rajiv Gandhi）
外交部長	蘇杰生（Subrahmanyam Jaishankar）
	前任：蘇希瑪‧史瓦拉吉（Sushma Swaraj）、胡爾希德（Salman Khurshid）、克里希納（S.M. Krishna）
國防部長	辛赫（Rajnath Singh）
	前任：安東尼（A.K. Antony）
內政部長	沙阿（Amit Shah）
	前任：辛赫（Rajnath Singh）、辛德（Sushilkumar Shinde）
農業部長	林波（Syahrul Yasin Limpo）
衛生部長	普蘭多（Terawan Agus Putranto）
財政部長	希塔拉曼（Nirmala Sitharaman）

印度國大黨主席（執政團結進步聯盟主席）	桑妮雅·甘地（Sonia Gandhi）
國大黨副主席	拉胡爾·甘地（Rahul Gandhi，甘地家族第4代，與「聖雄」甘地沒有親屬關係；印度首任總理尼赫魯Jawaharlal Nehru是拉胡爾外曾祖父，前總理拉吉夫·甘地是其父，桑妮雅·甘地為其母）
2014年諾貝爾和平獎得主	沙提雅提（Kailash Satyarthi）
西孟加拉省省長	班納吉（Mamata Banerjee 印度唯一女性省長）
印度首富	安巴尼（Mukesh Ambani 亞洲首富、世界第10大富豪）
火星探測器	火星飛船
巴基斯坦	
首都	伊斯蘭馬巴德Islamabad
總理	伊姆蘭汗（Imran Khan）
	前任：康恩（Imran Khan，正義運動黨PTI領袖，曾是板球明星）、夏立夫（Nawaz Sharif，三度出任）、吉拉尼 （Yusuf Raza Gilan）
前軍事統治者	穆沙拉夫（Pervez Musharraf，領導「巴基斯坦穆斯林聯盟」，疑刺殺前總理碧娜芝·布托Benazir Bhutto）

總統	阿里夫・艾維（Arif-ur-Rehman Alvi）
	前任：胡笙（Mamnoon Hussain）、札達里（Asif Ali Zardari，妻子爲已故總理碧娜芝・布托，領導「巴基斯坦人民黨」PPP，兒子布托・札達里是「巴基斯坦人民黨」主席）、穆沙拉夫（Pervez Musharraf）
外交部長	古瑞希（Shah Mahmood Qureshi）
	前任：拉巴尼・哈爾（Hina Rabbani Khar）
內政部長	阿邁德（Sheikh Rashid Ahmed）

●地名／城市：

白夏瓦Peshawar、喀拉蚩Karachi（最大城和港口）

●蓋達Al-Qaeda：

恐怖組織，即基地組織，製造911事件，不稱凱達
前首領賓拉登（Osama bin Laden，不稱賓拉丹，
兒子：哈姆薩・賓拉登Hamza bin Laden疑要復仇）

賓拉登接班人／蓋達組織新領袖	札瓦希里（Ayman al-Zawahiri）
蓋達組織2號人物	拉曼（Atiyah abd al-Rahman，遭擊斃）、馬士禮（AbuMuhsin al-Masri 埃及籍，遭擊斃，又名阿布達勞夫Husam Abd-al-Ra'uf）
頭部被槍殺女童	馬拉拉・尤沙夫賽（Malala Yousufzai，2014年諾貝爾和平獎得主）
塔利班新頭目	歐瑪（Mullah Omar）

孟加拉	
首都	達卡Dhaka
總統	哈米德（Abdul Hamid）
	前任：齊勒‧拉赫曼（Zillur Rahman，2013年亡故）
總理	哈希納（Sheikh Hasina）

斯里蘭卡	
首都	可倫坡Colombo
總統	戈塔巴亞‧拉賈帕克薩（Gotabaya Rajapaksa馬辛達‧拉賈帕克薩之弟）
	前任：席瑞塞納（Maithripala Sirisena）、馬辛達‧拉賈帕克薩（Mahinda Rajapaksa）
總理	馬辛達‧拉賈帕克薩（Mahinda Rajapaksa）
	前任：威克瑞米辛赫（Ranil Wickremesinghe）
反政府組織	坦米爾伊蘭解放之虎（坦米爾之虎）

不丹	
首都	廷布Thimphu
總理	羅泰希林（Lotay Tshering身兼外科醫師）
	前任：托傑（Tshering Tobgay第2任民選）

新聞詞彙，你用對了嗎？ — 國際篇

國王	凱薩爾旺楚克 （Jigme Khesar Namgyal Wangchuck）
皇后	吉增佩瑪（Jetsun Pema）
王子	吉格梅（Jigme Namgyel Wangchuck）
前國王	吉格梅・辛格・旺楚克（Jigme Singye Wangchuck，提出「國民幸福指數」Gross National Happiness，GNH作為施政依據）

馬爾地夫

首都	瑪萊Male
總統	索里（Ibrahim Mohamed Solih）
	前任：雅門（Abdulla Yameen）、瓦希德（Mohammed Waheed Hassan）、納希德（Mohamed Nasheed）、蓋約姆（Maumoon Abdul Gayoom）
馬爾地夫民主黨黨魁	納希德（Mohamed Nasheed）主要反對黨

尼泊爾

首都	加德滿都Kathmandu
總理	奧利（Khadga Prasad Sharma Oli）
	前任：德烏帕（Sher Bahadur Deuba）、內帕爾（Madhav Kumar Nepal）

總統	比迪婭・戴維・班達里（Bidya Devi Bhandari）
	前任：亞達夫（Ram Baran Yadav）
聯合共產黨（毛主義）主席	庫瑪（Madhav Kumar）最大反對黨
國會領袖	達哈爾（Pushpa Kamal Dahal）
最高法院首席大法官	拉納（Choldendra Sumsher Rana）
吐瓦魯	太平洋小國
首都	富那富提Funafuti
總理	索本嘉（Enele Sosene Sopoaga）
	前任：泰拉維（Willy Telavi）、陀法（Maatia Toafa 遭罷黜）
馬紹爾群島	Marshall Islands 位於北太平洋
首都	馬久羅Majuro

十九、西亞

沙烏地阿拉伯	
首都	利雅得Riyadh
國王	賓沙爾曼（Salman bin Abdulaziz Al Saud「King Salman」兼總理）
	前任：阿布杜拉（Abdullah）
王儲 （副總理兼 國防部長）	穆罕默德・沙爾曼（Mohammed bin Salman沙爾曼國王之子）
	前任：納衣夫 （Nayef bin Abdel-Aziz被罷黜）
外交部長	費瑟（Faisal bin Farhan Al-Saud）
	前任：阿薩夫（Ibrahim al-Assaf）、朱貝爾（Adelal-Jubeir）
遇害記者	哈紹吉（Jamal Khashoggi）
IS分支	漢志省Al-Hijaz Province
葉門	
首都	沙那Sanaa（阿拉伯明珠）
總統	哈迪（Abd-Rabbo Mansur Hadi）
	前任：沙雷（Ali Abdullah Saleh）

總理	邁茵‧阿卜杜勒馬利克‧賽義德（Maeen Abdulmalik）
	前任：達格爾（Ahmed Obeid bin Daghr）、巴哈（Khalid Bahah）、巴桑杜（Mohammed Salem Basindwa）
聯合國葉門特使	葛瑞菲斯（Martin Griffiths）

* 屬伊斯蘭教遜尼派的沙烏地阿拉伯，支持的是葉門政府，屬什葉派的伊朗，支持的是葉門叛軍「青年運動」
* 什葉派激進團體「青年運動」Huthi（又稱胡塞組織）
最高領袖：胡提（Abdel-Malek al-Houthi）
葉門精英部隊共和國衛隊前領袖：
阿梅德沙雷（Ahmed Saleh）
北部的大本營：薩達省Saada

恐怖組織阿拉伯半島蓋達（AQAP）	以葉門爲根據地。宣稱犯下《查理周刊》恐襲案
高級指揮官	巴塔爾菲（Khalid Batarfi）

* 葉門戰爭始於2011年的「阿拉伯之春」（Arab Spring）革命，當時群衆要求葉門總統沙雷（Ali Abdullah Saleh）下台，由副總統哈迪（Abedrabbo Mansour Hadi）接任，但哈迪上台後政權不穩，叛軍「青年運動」趁勢占領首都沙那，葉門也因此分裂，一方是據守南方由沙國和西方所支持的政府軍，另一方則爲據守包括首都在內的北方，由伊朗所支持的「青年運動」掌控

卡達	
首都	多哈Doha
國王	塔米姆（Tamim bin Hamad Al Thani）
	前任：哈馬德（Sheikh Hamad bin Jassim bin Jaber al-Thani，2013.6.25 遜位，傳位四王子塔米姆）
首相（總理）	阿勒薩尼（Abdullah bin Nasser bin Khalifa Al Thani）
外交部長	穆罕默德（Sheikh Mohammed bin Abdulrahman Al-Thani 兼副首相）
	前任：貝爾（Adel al-Jubeir）、薩尼（Sheikh Hamad bin Jassem al-Thani）

阿拉伯聯合大公國 （7個酋長國組成，可稱阿聯）	
7酋長國	阿布達比、杜拜、沙迦、富查伊拉、烏姆蓋萬、阿治曼、哈伊馬角
首都	阿布達比Abu Dhabi
總統	哈利法（Khalifa bin Zayed Al-Nahyan）
副總統、總理暨杜拜邦邦長	阿勒馬克圖姆（Sheikh Mohammed bin Rashid Al Maktoum）
外交部長	阿布杜拉（Sheikh Abdullah bin Zayed Al Nahyan）
全球最高飯店大樓	杜拜萬豪馬奎斯飯店（JW Marriott Marquis Hotel）樓高72層、355公尺，由兩棟造型特殊的大樓組成

全球最高樓	830公尺高的哈里發塔（舊稱杜拜塔）
駐美大使	奧特巴（Youssef Al Otaiba）

科威特

首都	科威特城Kuwait City
總理	薩巴赫 （Sabah Al-Khalid Al-Hamad Al-Sabah）
	前任：納瑟（Sheikh Nasser al-Mohammad al-Sabah薩巴赫之姪）
國王	納瓦夫（Sheikh Nawaf al-Ahmed）
已故國王	薩巴赫四世（Emir Sheikh Sabah al-Ahmad al-Sabah 2020.9.29過世，由異母之弟納瓦夫繼任）

以色列

首都	耶路撒冷Jerusalem
總理	班奈特（Naftali Bennett）
	前任：納坦雅胡（Benjamin Netanyahu，利庫德集團，2021.6.14 結束12年執政）、夏隆（Ariel Sharon）、歐麥特（Ehud Olmert）、拉賓（Yitzhak Rabin）
副總理	拉皮德（Yair Lapid）
	前任：甘茨（Benny Gantz兼國防部長，「藍白聯盟」Blue and White領袖）、梅里度（Dan Meridor）

新聞詞彙，你用對了嗎？ — 國際篇

總統	赫佐格（Isaac Herzog）
	前任：李佛林（Reuven Rivlin）、裴瑞斯（Shimon Peres）
外交部長	拉皮德（Yair Lapid）
	前任：阿什克納奇（Gabi Ashkenazi）、李夫尼（Tzipi Livni前進黨）
國防部長	甘茨（Benny Gantz）
	前任：巴拉克（Ehud Barak）、李柏曼（Avigdor Lieberman）、雅隆（Moshe Yaalon）
衛生部長	艾德斯坦（Yuli Edelstein）
	前任：李茲曼（Yaakov Litzman）
國安顧問	本沙巴特（Meir Ben-Shabbat）
以色列駐美大使	德默爾（Ron Dermer）
加薩走廊Gaza、以色列情報機關摩薩德（Mossad）	
中間派「未來黨」（Yesh Atid）領導人拉皮德（Yair Lapid）	

巴勒斯坦

首都	耶路撒冷Jerusalem
自治政府主席	阿巴斯（Mahmud Abbas領導法塔組織Fatah，統治約旦河西岸）
總理	阿什提耶（Dr.Mohammad Shtayyeh）
	前任：哈姆達拉赫（Rami Hamdallah）、法雅德（Salam Fayyad）、哈尼亞（Ismail Haniyeh）

前領導人	阿拉法特（Yasser Arafat）
哈瑪斯組織 領導人	哈尼葉（Ismail Haniya）
	前任：馬夏艾（Khaled Meahaal）、 賈巴瑞（Ahmed al-Jabari）

伊拉克

首都	巴格達Baghdad
總理	卡迪米（Mustafa Kadhemi）
	前任：馬帝（Adel Abdel Mahdi）、 阿巴迪（Haider al-Abadi）、 馬里基（Nuri al-Maliki）、 阿拉威（Ayad Allawi）
副總理兼 財政部長	阿里·阿拉（Ali Allavi）
總統	沙雷（Barham Saleh，聯合報譯：薩利赫）
	前任：馬素姆（Fuad Masum）、 塔拉巴尼（Jalal al-Talabani）
外交部長	胡笙（Fuad Hussein）
	前任：齊巴瑞（Hoshiyar Zebari）

●地名／城市：

法魯賈 Falluja、基爾庫克 Kirkuk、巴斯拉 Basra、
阿比爾 Erbil（北部大城）、
薩拉赫丁省 Salahuddin－提克里特 Tikrit、
尼尼微省 Nineveh－摩蘇爾 Mosul

伊朗	
首都	德黑蘭Tehran
總統	萊希（Ebrahim Raisi，前司法部長，極端保守派）
	前任：羅哈尼（Hassan Rouhani）內賈德·阿瑪丁雅（Mahmoud Ahmadinejad）、拉夫桑雅尼（Akbar Rafsanjani，女：費絲Faezeh Rafsanjani）、哈塔米（Mohammad Khatami）
最高宗教領袖	哈米尼（Ali Khamenei，聯合報譯：何梅尼）
荷莫茲海峽（Hormuz Strait）	伊朗南部連接波斯灣和阿曼灣的航運要道，世界上近40%的石油和數量可觀的天然氣由此輸往全球各地，對全球石油供應具有戰略影響
反對派領袖	穆薩維（Mir Hossein Mousavi）
外交部長	阿布杜拉希安（Hossein Amir-Abdollahian）
	前任：扎里夫（Mohammad Javad Zarif）
國防部長	哈塔米（Amir Hatami）
	前任：德甘（Hossein Dehqan）
內政部長	法茲里（Abdolreza Rahmani Fazli）
	前任：那賈爾（Moustafa Mohammad-Najjar）

國會議長	卡利巴夫（Mohammad-BagherGhalibaf，德黑蘭前市長，曾3度參選總統，屬保守派人士，反對相對溫和的總統羅哈尼）
	前任：拉里加尼（AliLarijani）
革命衛隊首腦將軍： 蘇雷曼尼（Qassem Soleimani 2020.1.3被美獵殺）	

●地名／城市：

伊斯法罕Isfahan（中部城市）、
席拉斯Shiraz（南部城市）

敘利亞

首都	大馬士革Damascus
總統	阿塞德（Bashar al-Assad， 妻子：阿斯瑪Asma al-Assad）
總理	阿爾努斯（Hussein Arnous）
	前任：哈米斯（ImadKhamis）、 哈爾吉（Wael Nader al-Halqi）、 格拉萬吉（Omar Ghalawenji）、 希亞布（Riyad Farid Hijab）

●教派分歧

支持政府	阿拉威派（Alawite阿塞德所屬派系）
反對派	遜尼派（Sunni）
邊境重鎮	庫薩爾（Qusayr）

蓋達在敘利亞的分支	呼羅珊（Khorasan）
敘利亞征戰陣線 Fateh al-Sham Front	前身為努斯拉陣線 Al-Nusra Front，也是 IS 的分支
	領導人：約蘭尼（Abu Mohamed al-Jolani）

●地名／城市：

阿勒坡 Aleppo（北部城市）、蘇伊士運河 Suez Canal

●伊斯蘭國（IS）

領導人	哈米希 （Abu Ibrahim al-Hashemi al-Quraishi，IS 首要法官和伊斯蘭法委員會主持人）
前首腦	巴格達迪 （Abu Bakr al-Baghdadi，已身亡）

IS 占領的 2000 年世遺古城：
帕爾米拉 Palmyra，位在荷姆斯省 Homs

伏屍土耳其沙灘 3 歲男童：亞藍（Aylan Kurdi）

黎巴嫩

首都	貝魯特 Beirut
總統	奧恩（Michel Aoun）
	前任：史雷曼（Tammam Salam）

總理	米卡提（Najib Mikati）
	前任：哈里里（Saad Hariri）、阿迪布（Mustapha Adib）、狄亞布（Hassan Diab）、哈里里（Saad Hariri）、薩拉姆（Tammam Salam）、米卡迪（Najib Mikati）、辛尼奧拉（Fouad Siniora）

約旦	
首都	安曼Amman
國王	阿布杜拉 二世（Abdullah II）
皇后	拉妮婭（Rania曾是難民，有「阿拉伯黛安娜王妃」之稱）
王儲	胡笙（Hussein bin Abdullah）
總理	拉查茲（Omar Razzaz）
	前任：穆爾基（Hani Mulki）、安索爾（Abdullah Nsur）、巴伊特黎費（Rifai）

阿曼	
首都	馬斯喀特Muscat
蘇丹	海塞姆·本·塔里格·阿勒賽義德（Haitham Bin Tariq Al-Said）
	前任：卡布斯·本·賽義德（Sultan Qaboos bin Said）

巴林

首都	麥納瑪Manama
國王	哈麥德（Hamad bin Isa Al Khalifa）
王儲	薩爾曼（Mohammad bin Salman）
總理	哈里發親王 （Prince Khalifa bin Salman al-Khalifa，1971年上任，是全球在位最長久總理，已故）
外交部長	札亞尼（Abdullatif al-Zayani）
反對派領袖	馬夏瑪（Hassan Mashaima）
什葉派反對黨	沙爾曼（Ali Salman 伊斯蘭民族和諧協會領袖）
什葉派占人口多數的中東小國巴林，由少數遜尼派王室統治	

土庫曼

首都	阿什哈巴特Ashgabat
總統	庫爾班古力 （Gurbanguly Berdymukhammedov）
國防部長	京多季耶夫（Begenc Gundogdiyev）

●中東激進組織

＊遜尼派聖戰組織伊斯蘭國（Islamic State，IS）	
統治者 「哈里發」	巴格達迪（2015.3.18遇襲癱瘓，領導權交給副手阿佛里Abu Alaa al-Afri）

＊塔利班（Taliban阿富汗反政府軍事組織，即神學士）	
領導人	艾昆薩塔（Haibatullah Akhundzada）
	前任：曼蘇爾（Mullah Akhtar Mansour）、歐瑪（Mullah Omar創始人）
＊哈瑪斯（巴勒斯坦激進組織）	
領導人	馬夏艾（Khaled Meshaal）
＊蓋達組織（伊斯蘭教恐怖組織，大陸稱基地組織）Al-Qaeda 製造911事件	
＊泰米爾之虎	
1976年成立，試圖在斯里蘭卡東北部建立獨立的國家。2009年，斯里蘭卡政府軍攻陷泰米爾之虎最後據點，並擊斃其領導人普拉巴卡蘭	
＊法塔組織Fatah	
阿巴斯領導，統治約旦河西岸	

二十、南半球國家

澳洲	
首都	坎培拉Canberra
總理	莫里森（Scott Morrison自由黨黨魁）
	前任：滕博爾 （Malcolm Turnbull）、艾波特（Tony Abbott）、陸克文（Kevin Rudd ）、吉拉德（Julia Gillard）、霍華德（John Howard）
副總理	喬伊斯（Barnaby Joyce）
工黨黨魁	修頓（ Bill Shorten）
國防部長	杜登（Peter Dutton）
	前任：雷諾茲（Linda Reynolds）
助理國防部長	海斯迪（Andrew Hastie）
外交部長	潘恩（Marise Payne）
	前任：畢紹普（ Julie Bishop）、卡爾（Bob Carr）、陸克文（Kevin Rudd）
財政部長	伯明罕（Simon Birmingham）
	前任：佛萊登柏格（Josh Frydenberg）
內政部長	杜登（Peter Dutton）
貿易部長	特漢（Dan Tehan
	前任：伯明罕（Simon Birmingham）

環保部長	李伊（Sussan Ley）
移民部長	霍克（Alex Hawke）
澳洲富婆	萊因哈特（Gina Rinehart）

●地名／城市

布里斯本Brisbane（第三大城）、雪梨Sydney

紐西蘭

首都	威靈頓Wellington
總理	賈辛達・亞登（Jacinda Ardern2017.9.26 工黨黨魁，女兒：妮芙Neve， 男友：克拉克蓋福德Clarke Gayford）
	前任：英格利許（Bill English）、 凱伊（John Key）、 克拉克（Helen Clark）
副總理	皮特斯（Winston Peters兼外長）
	前任：班奈特（Paula Bennett）
財政部長	羅伯森（Grant Robertson）
	前任：喬伊斯（Steven Joyce）
外交部長	皮特斯（Winston Peters）
	前任：麥卡利（Murray McCully）
國家黨黨魁	柯琳絲（Judith Collins）

巴布亞紐幾內亞 （巴紐） Papua New Guinea	
首都	摩斯比港Port Moresby
總理	馬拉普（James Marape）
	前任：歐尼爾（Peter O'Neill）
財政部長	彭達利（John Pundari）
塞內加爾	
首都	達卡Dakar
總理	狄恩（Mohammed Dionne）
總統	薩爾（Macky Sall）

二十一、南太平洋島國

萬那杜	
首都	維拉港Port Vila
總理	薩爾維（Charlot Salwai）
東加	
首都	努瓜婁發Nuku alofa
國王	圖普六世（Tupou VI）
王儲	圖普塔・烏魯卡拉拉 （Tupouto a Ulukalala）
王儲妻	法卡法努娃（Sinaitakala Fakafanua）
帛琉	
首都	恩吉魯穆德Ngerulmud
總統	惠恕仁（Surangel Whipps Jr.，雷蒙傑索的連襟）
	前任： 雷蒙傑索（Tommy E. Remengesau）、 中村國雄（Kuniwo Nakamura）

索羅門群島	
首都	荷尼阿拉Honiara
總理	蘇嘉瓦瑞（Manasseh Sogavare）
總督	卡布依（Frank Kabui）
薩摩亞	
首都	阿庇亞Apia
總理	馬塔法（Fiame Naomi Mata'afa 首位女總理，40年來首次政黨輪替）
	前任：馬利雷哥 （Tuilaepa Sailele Malielegaoi，執政22年拒絕交權）

二十二、非洲

埃及	
首都	開羅Cairo
總統	塞西（Abdel Fattah al-Sissi 2014.5.28當選，前國防部長）
	前任：穆希（Mohamed Morsi第一位民選總統，屬穆斯林兄弟會，2013年7月被罷免）、 穆巴拉克（Muhammad Hosni El Sayed Mubarak，統治埃及30年，2011年因茉莉花革命蔓延埃及，被趕下台，2020.2.25去世，終年91歲，兒子：加瑪爾Gamal）、 沙達特（Muhammad Anwar el-Sadat）
總理	馬德布利（Mostafa Madbouly）
	前任：伊斯梅爾（Sherif Ismail）、 馬赫拉布（Ibrahim Mahlab）、 康地爾 （Hesham Kandil）、 夏拉夫（Essam Sharaf）、 沙菲克（Ahmed Shafiq）、 納吉夫（Ahmad Nazif）
外交部長	蘇克里（Sameh Shoukri）
2005年諾貝爾和平獎得主	艾爾巴拉岱（Mohamed Elbaradei 前國際原子能總署IAEA祕書長）

國防部長兼 三軍統帥兼 軍委會主席	坦塔威（Hussein Tantawi）
反對派	穆斯林兄弟會（Muslim Brotherhood）

●地名／城市

解放廣場Tahrir Square（位於開羅）、
亞力山卓 Alexandria（第二大城）

南非

行政首都	普勒托利亞Pretoria
立法首都	開普敦Cape Town
司法首都	布隆泉Bloemfontein
經濟首都	約翰尼斯堡Johannesburg
總統	拉馬福薩（Cyril Ramaphosa）
	前任：曼德拉（Nelson Mandela第一任總統，著名的反種族隔離革命家，1993年諾貝爾和平獎得主，2013.12.5去世，終年95歲）、 祖馬（Jacob Zuma 2018.2.14辭職）、 姆貝基（Thabo Mbeki）
執政黨	非洲民族議會（ANC）
南非「刀鋒戰士」	皮斯托瑞斯（Oscar Pistorius槍殺女友麗娃・史汀坎Reeva Steenkamp）
大主教	屠圖（Desmond Tutu1984年諾貝爾和平獎得主）

蘇丹

首都	喀土穆Khartoum
總統	阿卜杜勒‧法塔赫‧阿卜杜勒拉赫曼‧布爾漢（Abdel Fattah Abdelrahman Burhan）
前總統	巴席爾（Omar al-Bashir統治國家30年，2019.4.11軍事政變爆發，被迫辭職、並遭軟禁。他是阿拉伯世界最為狡猾與殘忍的統治者之一。任內公開庇護蓋達組織與賓拉登、血腥鎮壓南蘇丹獨立運動、並於西部達富爾Darfur地區策動了造成40萬人死亡的種族滅絕行動，因此成為國際社會通緝10餘年的戰爭罪犯）
總理	哈姆杜克（Abdalla Hamdok）

南蘇丹

首都	朱巴Juba
總統	基爾（Salva Kiir）
第一副總統	馬查爾（Riek Machar）
族群矛盾	努埃爾族、丁卡族

莫三比克

首都	馬布多Maputo
總理	多羅薩里奧（Carlos Agostinho do Rosario）
	前任：阿爾貝托‧瓦基納（Alberto Vaquina）

總統	菲利佩・紐西（Filipe Nyusi）
	前任：蓋布薩（Armando Guebuza）
摩洛哥	
首都	拉巴特Rabat
國王	穆罕默德六世（Mohammed VI）
總理	奧特瑪尼（Saad Eddine El Othmani）
獅子山	
首都	自由城Freetown
總統	朱利葉斯・馬達・比歐 （Julius Maada Wonie Bio）
	前任：柯洛瑪（Ernest Bai Koroma）
史瓦帝尼	（原「史瓦濟蘭」）
首都	姆巴巴內Mbabane
國王	恩史瓦帝三世（King Mswati III）
總理	戴巴尼（Barnabas Sibusiso Dlamini）
烏干達	
首都	坎帕拉Kampala
總統	穆塞維尼（Yoweri Museveni）
尼日	
首都	尼阿美Niamey
總統	巴佐姆（Mohamed Bazoum）
	前任：依蘇福（Mahamadou Issoufou）

奈及利亞

首都	阿布加Abuja
總統	布哈里（Muhammadu Buhari）
	前任：喬納森（Goodluck Jonathan）
副總統	奧辛巴喬（Yemi Osinbajo）
外交部長	奧尼亞馬（Geoffrey Onyeama）
財政部長	伊瓦拉（Ngozi Okonjo-Iweala）
央行總裁	艾米菲（Godwin Emefiele）
	前任：沙努希 Lamido Sanusi
貨幣稱作奈拉（Naira）	
石油巨擘	愛拉齊亞（Folorunsho Alakija非裔女首富）
博科聖地領袖	巴納維（Abu Musab al-Barnawi）
	前任：謝考（Abubakar Shekau） ＊效忠極端組織「伊斯蘭國」（IS）的奈及利亞恐怖組織

模里西斯

首都	路易港Port Louis
總統	佩夫拉斯丁・魯潘（Pritvirajsing Roopun）
	前任： 古里布—法基姆（Ammenah Gurib-Fakim）
總理	賈諾斯（Pravind Jugnauth）

索馬利亞

首都	摩加迪休Mogadishu
總理	海爾（Hassan Ali Khaire
	前任： 薩伊德（Abdi Farah Shirdon Said）、 阿里（Abdiweli）、 努爾‧阿德（Nour Hassan Hussein Nour Adde）
總統	法馬喬（Mohamed Abdullahi Farmajo）
	前任： 穆哈莫德（Hassan Sheikh Mohamud）
武裝分子	青年黨 Shebab、Shabaab（與蓋達有關）

尚比亞

首都	路沙卡Lusaka
總統	希奇萊馬（Hakainde Hichilema）
	前任：倫古（Edgar Lungu）、 薩塔（Michael Sata）、 班達（Rupiah Banda）、 考恩達（Kenneth Kaunda非洲甘地， 97歲病逝）

辛巴威

首都	哈拉雷Harare
總統	姆納加瓦（Emmerson Mnangagwa）
	前任：穆加比（Robert Mugabe 95歲去世）

第一副總統	奇文加（Constantino Chiwenga）
第二副總統	肯博·莫哈迪（Kembo Mohadi）
總理	民主鬥士崔凡吉萊Morgan Tsvangirai已去世（總理職位已撤銷）
反對黨領袖	查米薩（Nelson Chamisa）
衣索比亞	
首都	阿迪斯阿貝巴Addis Ababa
總理	艾比伊（Abiy Ahmed 2019年諾貝爾和平獎得主）
	前任： 德薩連（Hailemariam Desalegn）、 梅勒斯（Meles Zenawi）
總統	祖德（Sahle-Work Zewde 非洲唯一女總統）
	前任：特修姆（Mulatu Teshome）、 馬里亞姆（Mengistu Haile Mariam）
肯亞	
首都	奈洛比Nairobi
總統	烏魯·肯亞塔（Uhuru Kenyatta 開國總統喬莫肯亞塔Jomo Kenyatta之子）
副總統	魯托（William Ruto）
總理	歐丁嘉（Raila Odinga）總理職位已廢除
反對派聯盟領袖	歐丁嘉（Raila Odinga首任副總統之子）

非洲東部航運樞紐	甘耶達國際機場（Jomo Kenyatta International Airport，JKIA）
利比亞	
首都	的黎波里Tripoli
革命領袖	格達費（Mouammar Kadhafi已故）
接班人	賽義夫（Seif al-Islam格達費次子，2011年11月流亡邊界被逮捕待審，2017年6月9日被東部過渡政府特赦釋放）
東部叛軍「利比亞國民軍」（Libyan National Army）領袖	強人哈夫塔（Khalifa Haftar） ＊設於東部班加西的軍閥政權，有阿拉伯聯合大公國、埃及、俄羅斯在後支持。民族團結政府和支持它的武裝控制首都的黎波里等西部地區，得到土耳其、卡達等國支持
總理	薩拉傑（Fayez al-Sarraj民族團結政府總理）
	前任：哈西（Omar al-Hassi）
副總理	艾哈邁德·馬蒂格（Ahmed Omar Maiteeq）
	前任： 阿布德卡林（Al-Seddik Abdelkarim）
全國過渡委員會主席	阿布達賈利（Mustafa Abdul-Jalil）

國防部長	薩拉赫丁・納姆魯什 （Salah Eddine al-Namrouch）
	前任：薩尼（Abdullah al-Thani 2014.3.12暫代看守總理）
內政部長	哈列德・馬贊（Khaled Mazen）
	前任：法蒂・巴沙加（Fathi Bashagha 因應示威不力遭停職）
外交部長	希亞萊（Mohamed Taha Siala）
	前任： 阿布都・阿濟茲（Mohammed Abdel Aziz）、 庫薩（Musa Kusa）
民選國會議長	艾馬加葉夫（ Mohamed alegaryef）
格達費家族	
長子穆罕默德 （Mohammed）	格達費元配所生；利比亞奧林匹克委員會主席、郵政電訊公司負責人
次子賽義夫 （Seif al-Islam）	格達費第2位妻子所生；畢業於英國倫敦政經學院，他曾被西方觀察家視為改革者，但近來不斷漂白政府鎮壓示威暴行，立場不變
三子沙迪 （Saadi）	利比亞足球聯盟主席，曾被義大利多個職業足球隊網羅
四子穆塔辛 （Mutassim）	陸軍中校，現任國安顧問；觀察家將他歸為保守派，曾被視作格達費接班人

五子韓尼白 （Hannibal）	曾任職於國家海運公司，在歐洲犯下多起暴力事件，包括與妻子斯卡芙（Aline Skaf）在瑞士攻擊隨扈被捕，格達費事後以停止供油等手段報復瑞士，直到瑞士政府道歉
么子哈米斯 （Khamis）	高階警官，民眾指他是班加西血腥鎮壓的指揮官
女兒愛莎 （Aisha）	律師，管理利國慈善基金會，2004年為伊拉克前獨裁者胡森律師團成員

●地名／城市

班加西 Benghazi（濱海第二大城）、
禪坦市 Zentan、貝達市 Al Beyda、
布瑞加Brega（東部油城）

象牙海岸

首都	雅穆索戈Yamoussoukro
總統	瓦達哈（Alassane Ouattara）
	前任：葛巴保（Laurent Gbagbo）

波札那

首都	嘉伯隆里Gaborone
總統	莫貴茨・馬西西（Mokgweetsi Masisi）
	前任：哈瑪（Ian Khama）

賴比瑞亞	
首都	蒙羅維亞Monrovia
總統	喬治・維阿 （George Weah前世界足球先生）
	前任：瑟利夫（Ellen Johnson Sirleaf女）

馬利	
首都	巴馬科Bamako
總統	巴・恩多（Bah Ndaw，臨時總統） ＊2020.8.19軍隊首都叛亂……政變軍綁架總統凱塔（Ibrahim Boubacar Keïta）、總理席斯（Boubou Cisse），強迫政府總辭下台
	前任：凱塔（Ibrahim Boubacar Keita 2013年8月當選，也是前總理）
副總統	戈塔（Assimi Goita，政變領導人）
總理	瓦恩（Moctar Ouane 過渡政府總理）
	前任：席斯（Boubou Cisse）、狄亞拉（Cheick Modibo Diarra）

●地名／城市
古城：廷巴克圖Timbuktu

加彭

首都	自由市Libreville
總統	阿里彭戈（Ali Bongo Ondimba）
	前任：恩東（Jean Eyeghe Ndong）
2016年華裔 總統候選人	讓平（Jean Ping）

查德

首都	恩加美納N'Djamena
總統	馬哈馬特 （Mahamat Idriss Deby Itno 臨時總統）
	前任：德比 Idriss Deby Itno （6連任隔天前線陣亡）
總理	帕達克（Albert Pahimi Padacke）
查德史上第一位女性總統候選人、前農業生產部長： 貝阿桑達（Lydie Beassemda）	

茅利塔尼亞

首都	諾克少Nouakchott
總統	蓋祖瓦尼（MohamedOuld Ghazouani）
	前任：阿濟茲（Mohamed Ould Abdel Aziz）
總理	比拉爾（Mohamed OuldBilal）
	前任：西迪亞（Ismail Ould Cheikh Sidiya）

幾內亞比索

首都	比紹Bissau
總理	努諾・戈梅斯・納比亞姆 （Nuno Gomes Nabiam）
	前任： 阿里斯蒂德斯・戈梅斯（Aristides Gomes）、 福斯蒂諾・因巴利（Faustino Imbali）、 佩雷拉（Domingos Simoes Pereira）、 柯雷亞（Eng Carlos Augusto Correia）
總統	烏馬羅・西索科・恩波洛 （Umaro Mokhtar Sissoco Embaló）
	前任： 代理總統卡薩瑪（Cipriano Cassamá）、 瓦茲（Jose Mario Vaz）
1974年從葡萄牙獨立以來，國內政局動盪不安，至今已發生過9次政變	

馬拉威

首都	里朗威Lilongwe
總統	拉扎勒斯・查克維拉 （Lazarus Mccarthy Chakwera）
	前任：穆塔里卡（Peter Mutharika）、 班達（Joyce Banda）

阿爾及利亞

首都	阿爾吉爾Algiers
總統	塔布納（Abdelmadjid Tebboune）
	前任： 包特夫里卡（Abdelaziz Bouteflika）、 布特弗利卡（Abdelaziz Bouteflika）、 班傑迪（Chadli Bendjedid已故）
總理	奧亞希亞（Ahmed Onyahia）
	前任： 塔布納（Abdelmadjid Tebboune）
參謀總長	薩拉（Ahmed Gaed Salah）

迦納

首都	阿克拉Accra
總統	阿庫佛－阿杜（Nana Akufo-Addo）
	前任：馬哈瑪（John Dramani Mahama）， 米爾斯（John Atta Mills 2012.7.25病故）

納米比亞

首都	溫荷克Windhoek
總統	根哥布（Hage Gottfried Geingob）

索馬利亞

首都	摩加迪休Mogadishu

總統	阿卜杜拉・穆罕默德 （H.E. Mohamed Abdullahi Farmajo 亦譯法馬喬）
	前任： 馬哈默德（Hassan Sheikh Mohamud）

布吉納法索

首都	瓦加杜古Ouagadougou
總統	卡波雷（Christian Kaboré）
	前任： 龔保雷（BlaiseCompaore 2014.10.31下台）
過渡總統	卡芳多（Michel Kafando）
總統府衛隊 副指揮官	席達（Isaac Zida獲軍方支持）
政變領袖	狄安德瑞（Gilbert Diendere）

剛果民主共和國（簡稱民主剛果）

首都	金夏沙Kinshasa（簡稱剛果（金））
總統	菲利克斯・齊塞克迪（Felix Tshisekedi）
	前任：卡比拉（Joseph Kabila）

剛果共和國

首都	布拉薩Brazzaville（簡稱 剛果（布））
總統	恩格索（Denis Sassou-Nguesso）

突尼西亞

首都	突尼斯Tunis
總統	薩伊德（Kais Saied法學教授）
	前任：艾塞布西（Beji Caid Essebsi）、布爾吉巴（Habib Bourghiba）
前代理總統	梅巴查（Foued Mebazaa）
流亡總統	班阿里（Zine El Abidine Ben Ali，2019.9.20過世，終年83歲，是首位在阿拉伯之春運動中遭推翻的領導人）
總理	拉馬丹（Najla Bouden Romdhane地質學家任首位女總理）
	前任：麥奇齊（Hichem Mechichi）、法赫法赫（Elyes Fakhfakh）、查希德（Youssef Chahed）、艾塞布西（Beji Caid Essebsi）、甘努奇（Mohammed Ghannouchi）
媒體大亨	卡魯伊（Nabil Karoui）
2013年連續兩名反對派領袖被殺	2月貝萊德（Chokri Belaid），5月布拉米（Mohamed Brahmi）疑薩拉菲（Salafist）組織所為
2015.6.26遭恐襲的度假城市	蘇賽市Sousse，遭擊斃槍手：雷茲古伊（Seifeddine Rezgui）

幾內亞

首都	柯那克里Conakry
總統	頓波雅（Mamady Doumbouya過渡總統）
	前任：顧德（Alpha Conde）
農業部長	奧比昂（Teodorin Obiang 總統之子，前女友是美國饒舌女歌手Eve）

多哥

首都	洛美Lome
總統	格納辛貝（Faure Gnassingbe）
總理	克拉蘇（Komi Selom Klassou 2015年6月就任，2020年9月底總辭）

坦尚尼亞

首都	杜篤馬Dodoma
總統	哈山（Samia Suluhu Hassan）東非國家第一位女性元首
	前任：馬古富利John Magufuli（病逝）、基克維特 Jakaya Kikwete

中非共和國

首都	班基Bangui
總統	圖瓦德拉（Faustin-Archange Touadéra）

貝南

首都	波多諾伏Porto-Novo
總統	塔隆（Patrice Talon）
	前任：波尼（Thomas Boni Yayi）

安哥拉

首都	魯安達Luanda
總統	若昂·羅倫佐 （João Manuel Gonçalves Lourenço）
	前任：桑托斯（Jose Eduardo Dos Santos

賴索托

首都	馬賽魯Maseru／Masero
國王	萊齊耶三世（Letsie III）
總理	馬約洛（Moeketsi Majoro）
	前任：塔巴尼（Thomas Thabane）、 莫西西里（Pakalitha Mosisili）
副總理	鎂晉（Mothetjoa Metsing）

蒲隆地

首都	布松布拉Bujumbura
總統	埃瓦里斯特·恩達伊希米耶 （Evariste Ndayishimiye）
	前任：恩庫倫齊薩 （Pierre Nkurunziza 2020年6月病故）
叛變將領	尼歐姆貝爾（Godefroid Niyombare）

聖多美普林西比

首都	聖多美Sao Tome
總統	諾瓦（Carlos Vila Nov前基礎建設部長）
	前任：卡瓦留（Evaristo Carvalho）、曼努埃爾・平托・達科斯塔（Manuel Pinto da Costa）
總理	若熱・博姆・熱蘇斯（Jorge Lopes Bom Jesus）
	前任：特羅瓦達（Patrice Trovoada）

厄利垂亞

首都	阿斯馬拉Asmara
總統	伊薩亞斯（Isaias Afwerki亦譯阿夫瓦基）

1993年脫離衣索比亞獨立後，1998年兩國因邊界主權問題發生武裝衝突，之後又因邊境城鎮巴德梅主權歸屬持續對峙

甘比亞

首都	班竹Banjul
總統	巴羅（Adama Barrow）
	前任：賈梅（Yahya Jammeh 2017年逃往赤道幾內亞共和國Equatorial Guinea，結束22年執政）

吉布地	
首都	吉布地Djibouti
總統	蓋雷（Ismail Omar Guelleh）

史瓦帝尼	
首都	姆巴巴內Mbabane
國王	恩史瓦帝三世（King Mswati III）
聯合國世界糧 食計畫署總理	克利奧帕斯（Cleopas Dlamini） 前任：戴安柏（Ambrose Dlamini）

二十三、國際組織

聯合國（UN）	
祕書長	古特瑞斯 （Antonio Guterres前葡萄牙總理）
	前任： 潘基文（Ban Ki-moon南韓籍）
大會主席	沃爾坎・博茲科爾（Volkan Bozkir） 一年一任
	前任： 班德（Tijjani Muhammad-Bande）、 戴斯科托（Miguel d Escoto Brockmann）
教科文組織 （UNESCO） 祕書長	奧黛麗・阿祖萊（Audrey Azoulay 前法國前文化及通訊部長）
	前任：波科娃 （Irina Bokova保加利亞籍）
糧農組織 （FAO）祕書長	屈冬玉 （FAO史上首位中國籍祕書長）
	前任： 達席瓦（Jose Graziano da Silva巴西籍）
世界糧食計畫署 （WFP）署長	畢斯利（David Beasley）

國際原子能總署 （IAEA）署長	葛羅西（Rafael Grossi阿根廷籍）
	前任： 天野之彌 （Yukiya Amano日本籍，已故）、 艾爾巴拉岱（Mohamed Elbaradei 埃 及現任副總統、2005年諾貝爾和平獎 得主）
世界衛生組織 （WHO）祕書長	譚德塞 （TAedros Adhanom Ghebreyesus 衣索比亞籍，2017.7.1上任）
	前任：陳馮富珍（香港籍）
突發衛生事件 執行主任	萊恩（Mike Ryan）
聯合國敘利亞 特使	蓋爾·彼得森（Geir Pederson）
	前任：米斯杜拉（Staffan de Mistura）
聯合國政府間氣候變遷問題小組（IPCC）	
聯合國經濟及社會理事會 （United Nations Economic and Social Council，ECOSOC）	

世界衛生大會（WHA）

世界衛生組織最高權力機構，每年5月在日內瓦舉行
會議

國際貨幣基金（IMF）總部在華盛頓	
總裁	喬治艾娃（Kristalina Georgieva，保加利亞籍，第2位女性總裁，曾任世界銀行執行長）
	前任：拉加德（Christine Lagarde 前法國財長，也是首任女性總裁）、史特勞斯・卡恩（Dominique Strauss-Kahn法國籍）
副總裁	李波（中國人民銀行副行長）
發言人	萊斯（Gerry Rice）
世界銀行（World Bank，WB）	
總裁	馬爾帕斯（David Malpass美國籍）
	前任：金墉（韓裔美籍）、左里克（Robert Zoellick美國籍）
亞洲開發銀行（Asian Development Bank，ADB）	
總裁	淺川雅嗣（Masatsugu Asakawa）
	前任：中尾武彥（Nakao Takehiko）
歐洲央行（European Central Bank，ECB）	
總裁	拉加德（Christine Lagarde 前IMF總裁，歐洲央行首位女性總裁）
	前任：德拉基（Mario Draghi義大利籍）、特瑞謝（Jean-Claude Trichet法國籍）

歐洲理事會	
主席	米歇爾（Charles Michel前比利時總理
	前任： 圖斯克（Donald Tusk前波蘭總理）、 范宏畢（Herman Van Rompuy前比利時總理）

歐盟執行委員會	
主席	范德賴恩 （Ursula von der Leyen 前德國防長）
	前任： 容克（Jean-Claude Juncker 前盧森堡總理）、 巴洛索（Jose Manuel Barroso 前葡萄牙總理）、 范宏畢（Herman Van Rompuy）
副主席	塞夫柯維奇（Maros Sefcovic）、 維斯塔格（Margrethe Vestager）
外交事務最高官員（外長）	波瑞爾（Josep Borrell西班牙籍）
	前任： 莫哈里妮（ Federica Mogherini，前義大利外長）、 凱瑟琳·艾希頓（Catherine Ashton英國籍）

歐洲議會議長	薩索利（David Sassoli 義大利籍）
	前任： 塔加尼（Antonio Tajani義大利籍）、 舒茲（Martin Schulz德國籍）
歐洲銀行監管局（EBA）	
歐洲疾病預防管制中心 （ECDC）	
歐元區財政主席	杜諾荷 （Paschal Donohoe愛爾蘭財政部長）
	前任： 沈德諾 （Mario Centeno葡萄牙財長）、 戴斯布倫 （Jeroen Dijsselbloem荷蘭財長）
北大西洋公約組織（北約，NATO）	
祕書長	史托騰柏格（Jens Stoltenberg挪威籍）
	前任：拉斯穆森 （Anders Fogh Rasmussen丹麥籍）
最高軍事統帥	托德‧沃爾特斯 （Tod D. Wolters美國籍）
	前任：斯卡帕羅蒂 （Gen Curtis Michael Scaparrotti美國籍）、 布里德羅佛 （Philip Breedlove美國籍）、 史塔伏瑞迪斯 （James Stavridis美國籍）

世界貿易組織（WTO）

祕書長	阿澤維多（Roberto Azevedo巴西籍，2020.8.31卸任，目前2位候選人為奈及利亞前財長伊瓦拉Ngozi Okonjo-Iweala、南韓通商交涉本部長俞明希Yoo Myung-hee）
總理事會主席	紐西蘭大使華克（David Walker）
爭端解決機構（DSB）主席	宏都拉斯大使卡斯蒂約（Dacio Castillo）
貿易政策審查機構（TPRB）主席	冰島大使艾斯派朗（Harald Aspelund）

國際金融協會（IIF）

主席	範智廉（Douglas Jardine Flint蘇格蘭籍）
	前任：達拉羅（Charles Dallara美國籍）

東南亞國協（ASEAN）

祕書長	林玉輝（汶萊）
	前任：黎良明（越南）、蘇林（泰國）

東協加三總體經濟研究辦公室（AMRO）

ASEAN+3 Macroeconomic Research Office，總部設在新加坡，2012.1.31正式運作，外界稱為亞洲版國際貨幣基金IMF

首任辦公室主任	魏本華（前中國國家外匯管理局副局長）

美洲國家組織（OAS）	
祕書長	阿爾馬格羅（Luis Almagro）
	前任：何塞‧米格爾‧因蘇爾薩（Jose Miguel Insulza）、 羅德里格斯（Miguel Ángel Rodríguez Echeverría）、 殷索沙（Jose Miguel Insulza）

阿爾巴貿易集團（ALBA）
委內瑞拉、古巴、玻利維亞、宏都拉斯、尼加拉瓜、厄瓜多、 安地卡、多米尼克、聖文森

77國集團（G77）
由開發中國家組成，目前成員超過130國（包括中國、印度、巴西）

20國集團（G20）
G7+BRICS +墨西哥、阿根廷、土耳其、沙烏地阿拉伯、南韓、印尼、澳洲+歐洲聯盟；IMF、WB亦列席會議

7大工業國組織（G7）
美國、英國、加拿大、德國、法國、義大利、日本

8大工業國組織（G8）
G7+俄羅斯

金磚五國（BRICS）
巴西、俄羅斯、印度、中國、南非

新聞詞彙，你用對了嗎？　國際篇

五眼聯盟
美國、英國、加拿大、澳洲、紐西蘭

AUKUS聯盟
澳英美三方安全夥伴

W20 Summit
20國集團婦女峰會

UNFCCC COP 26
聯合國氣候變化綱要公約第26屆締約方大會〈首次出現用全名，之後用聯合國氣候峰會或 COP 26即可〉

其他重要組織、財經機構
世界經濟論壇（World Economic Forum，WEF，年會又稱達沃斯論壇Davos Forum）
世界旅遊組織（World Tourism Organization，UNWTO）
國際航空運輸協會（International Air Transport Association，IATA）
國際能源總署（International Energy Agency，IEA）
亞太經濟合作會議（Asia-Pacific Economic Cooperation，APEC，簡稱亞太經合會）
經濟合作與發展組織（Organization for Economic Co-operation and Development，OECD）
上海合作組織（Shanghai Cooperation Organization，SCO）
政府間發展組織（Intergovernmental Authority on Development，IGAD）

國際清算銀行（Bank for International Settlements，BIS）
歐洲復興開發銀行 （European Bank forReconstruction and Development，EBRD）
亞洲基礎設施投資銀行 （Asian Infrastructure Investment Bank，AIIB，簡稱亞投行）
非洲開發銀行（African Development Bank，AfDB）
英格蘭銀行（Bank of England，BoE，簡稱英國央行）
日本銀行（Bank of Japan，BoJ，簡稱日銀、日本央行）
美國銀行（Bank of America，BoA，簡稱美銀）
花旗集團（Citigroup）
富國銀行（Wells Fargo）
高盛集團（Goldman Sachs）
摩根史坦利（Morgan Stanley，大摩）
摩根大通（JP Morgan Chase & Co.，JPM，小摩）
證券期貨
紐約證券交易所（New York Stock Exchange，NYSE，簡稱紐約證交所）
芝加哥商品交易所（Chicago Mercantile Exchange，CME，簡稱芝商所）
芝加哥期貨交易所（Chicago Board of Trade，CBOT）
道瓊工業平均指數（Dow Jones Industrial Average，DJIA，簡稱道指）
那斯達克綜合指數（NASDAQ Composite Index，簡稱那指）

標準普爾500指數（Standard & Poor's 500 index，S&P 500，簡稱標普500）
上海證券交易所綜合股價指數（Shanghai Composite Index，簡稱上證指數或滬指）
恆生指數（Hang Seng Index，簡稱恆指）
日經平均指數（Nikkei 225，簡稱日經225）

信評機構

惠譽（Fitch）、穆迪（Moody's）、 標準普爾（Standard & Poor's，S&P）

財經資訊

彭博社（Bloomberg News）
貝倫金融周刊（Barron's）

財經名人

巴菲特（Warren Edward Buffett，世界上最成功的投資者）、 「末日博士」羅比尼（Nouriel Roubini 紐約大學經濟學教授）、 歐尼爾（Jim O Neill 前高盛資產管理公司董事長，創造金磚四國BRIC一詞）、 「債券天王」葛洛斯（Bill Gross，太平洋投資管理公司Pimco投資長）

貿易協定

跨太平洋夥伴協定（TPP）
跨太平洋夥伴全面進步協定（CPTPP）
區域全面經濟夥伴關係協議（RCEP）

新聞詞彙，你用對了嗎？ — 國際篇

跨大西洋貿易與投資夥伴關係協定（TTIP）
亞太自由貿易區（FTAAP）
自由貿易協定（FTA）

氣候條約

《聯合國氣候變化綱要公約》（UNFCCC） 1992年6月聯合國環境及發展委員會（UNCED）在巴西里約熱內盧召開地球高峰會議，與會150餘國領袖簽署UNFCCC，對溫室氣體排放做出全球性管制目標協議，並定1994年3月21日生效
《京都議定書》（Kyoto Protocol） 1997年12月188個締約國在日本京都，簽署進一步規範工業國溫室氣體排放目標的協議
《巴黎氣候協定》（Paris Agreement） 聯合國195個成員國2015年12月12日在氣候峰會通過以此協議取代《京都議定書》

美俄《中程核武條約》（INF）

冷戰期間，美國與蘇聯之間簽訂的消減核武器公約，1988.6.1生效，2019.2.2失效

重要影劇獎項

奧斯卡金像獎（Academy Awards）
金球獎（The Golden Globes）： 好萊塢外籍記者協會（Hollywood Foreign Press Association，HFPA）主辦

威尼斯影展（Venice Film Festival）： 金獅獎（Golden Lion for Best Film最佳影片） 銀獅獎（Silver Lion – Grand Jury Prize次佳影片「評審團大獎」、最佳導演）
柏林影展（The Berlin International Film Festival）： 金熊獎（The Golden Bear最佳影片） 銀熊獎（Silver Bear最佳導演、最佳男女演員、最佳劇本）
坎城影展（The Cannes Festival）： 金棕櫚獎（Golden Palm最佳影片） 評審團大獎（Grand Prix次佳影片）

新聞人物

維基解密創辦人：亞桑傑（Julian Assange）
史諾登檔案相關： 史諾登（Edward Snowden美國中情局前雇員） 莫斯科過境機場：謝瑞米提耶佛機場（Sheremetyevo airport）、 史諾登之庇護律師：庫奇瑞納（Anatoly Kucherena）、 史諾登之父：隆恩‧史諾登（Lon Snowden）、 史諾登女友：琳賽‧米爾斯（Lindsay Mills）、 衛報記者：葛林華德（Glenn Greenwald）
選秀明星「蘇珊大嬸」：蘇珊‧波伊兒（Susan Boyle）

雜誌&其他

富比世（Forbes美國商業雜誌）
時人（People全美讀者最多的雜誌）

新聞詞彙，你用對了嗎？ — 國際篇

刺胳針（The Lancet，權威醫學雜誌）
皮尤研究中心（Pew Research Center美國民調機構）
基尼係數（Gini Coefficient定量測定收入分配差異程度的指標）

Chapter 4

運動篇

二十四、國際體育組織

奧林匹克

國際奧會（International Olympic Committee，IOC） 主席：巴赫（Thomas Bach） 協調委員會主席：科茨（John Coates） ＊目前成員206個國家地區	
各大洲奧會	泛美體育組織（Pan American Sports Organization，PASO，國際奧會授權，管理美洲地區奧會事務）、 亞洲奧會（Olympic Council of Asia，OCA）、 歐洲奧會（EOC）、 非洲奧會（ANOCA）、 大洋洲奧會（ONOC）
各國奧會	中華奧會、法國奧會……
運動會	夏季奧運、冬季奧運、 夏季青年奧運、冬季青年奧運、 帕拉林匹克運動會（Paralympic Games，帕運）、 泛美運動會（PASO）、 歐洲運動會（EOC）、 非洲運動會（ANOCA）、 亞洲運動會（OCA，亞運）、 太平洋運動會（ONOC）、 東亞運動會（East Asian Games，EAG，東亞運）

奧運組織委員會	奧運東道主國家或地區所設的籌備單位，如「東京奧運籌備委員會」（簡稱東奧籌委會）
單項運動協會	
國際足球總會 （International Federation of Association Football，FIFA國際足總）	
國際棒球總會 （International BAseball Federation，IBAF國際棒總）	
國際網球總會 （International Tennis Federation，ITF國際網總）	
國際羽球總會 （Badminton World Federation，BWF國際羽總）	
國際桌球總會 （International Table Tennis Federation，ITTF國際桌總）	
重大國際賽	
世界杯足球賽（FIFA World Cup，簡稱世足，冠軍獎杯名稱「大力神杯」） 世界桌球賽（世桌）、世界羽球賽、世界網球賽、世界棒球賽、世界棒球經典賽（WBC）……	
三級棒球	IBAF國際棒總舉辦～青棒、青少棒、少棒 LLB世界少棒聯盟舉辦～青棒、青少棒、少棒 PONY小馬聯盟舉辦～青棒、青少棒、少棒

足球	歐洲足球國家杯 （UEFA European Football Championship，歐國杯）、 歐洲足球冠軍聯賽 （UEFA Champions League，歐冠賽）、 歐洲足協歐洲聯賽 （UEFA Europa League，歐聯賽）
網球	男網巡迴賽 （Association of Tennis Professionals，ATP）、 女網巡迴賽 （Women's Tennis Association，WTA）
	四大滿貫賽：澳洲公開賽、法國公開賽、溫布頓錦標賽、美國公開賽
高爾夫	美國巡迴賽： PGA（Tournament Players Association男子）、 LPGA（Ladies Professional Golf Association女子）
	歐洲巡迴賽、亞洲巡迴賽…
	男子四大滿貫賽：美國名人賽、美國公開賽、英國公開賽、PGA錦標賽
	女子五大滿貫賽：納比斯科錦標賽、美國公開賽、英國公開賽、LPGA錦標賽、愛維養高球賽（2013年成為第5大賽）

美國職業賽

MLB美國職棒大聯盟～總冠軍賽名稱：
世界大賽（勝者稱「世界冠軍」）

美國聯盟

東區	巴爾的摩金鶯（Baltimore Orioles）、波士頓紅襪（Boston Red Sox）、多倫多藍鳥（Toronto Blue Jays）、紐約洋基（New York Yankees）、坦帕灣光芒（Tampa Bay Devil Rays）
中區	芝加哥白襪（Chicago White Sox）、明尼蘇達雙城（Minnesota Twins）、底特律老虎（Detroit Tigers）、克里夫蘭守護者（Cleveland Guardians）、堪薩斯市皇家（Kansas City Royals）
西區	洛杉磯天使（Los Angeles Angels）、德州遊騎兵（Texas Rangers）、奧克蘭運動家（Oakland Athletics）、西雅圖水手（Seattle Mariners）、休士頓太空人（Houston Astros）

國家聯盟	
東區	亞特蘭大勇士（Atlanta Braves）、邁阿密馬林魚（Miami Marlins）、華盛頓國民（Washington Nationals）、紐約大都會（New York Mets）、費城費城人（Philadelphia Phillies）
中區	聖路易紅雀（St. Louis Cardinals）、密爾瓦基釀酒人（Milwaukee Brewers）、芝加哥小熊（Chicago Cubs）、匹茲堡海盜（Pittsburgh Pirates）、辛辛那提紅人（Cincinnati Reds）
西區	洛杉磯道奇（Los Angeles Dodgers）、亞利桑那響尾蛇（Arizona Diamondbacks）、聖地牙哥教士（San Diego Padres）、舊金山巨人（San Francisco Giants）、科羅拉多洛磯（Colorado Rockies）

NBA美國職籃	
東區	
大西洋組	波士頓塞爾蒂克（Boston Celtics）、 布魯克林籃網（Brooklyn Nets）、 紐約尼克（New York Knicks）、 費城76人（Philadelphia 76ers）、 多倫多暴龍（Toronto Raptors）
中央組	芝加哥公牛（Chicago Bulls）、 克里夫蘭騎士（Cleveland Cavaliers）、 底特律活塞（Detroit Pistons）、 印第安那溜馬（Indiana Pacers）、 密爾瓦基公鹿（Milwaukee Bucks）
東南組	亞特蘭大老鷹（Atlanta Hawks）、 夏洛特黃蜂（Charlotte Hornets）、 邁阿密熱火（Miami Heat）、 奧蘭多魔術（Orlando Magic）、 華盛頓巫師（Washington Wizards）

西區	
西南組	達拉斯獨行俠（Dallas Mavericks）、 休士頓火箭（Houston Rockets）、 曼菲斯灰熊（Memphis Grizzlies）、 紐奧良鵜鶘（New Orleans Pelicans）、 聖安東尼奧馬刺（San Antonio Spurs）
西北組	丹佛金塊（Denver Nuggets）、 明尼蘇達灰狼（Minnesota Timberwolves）、 奧克拉荷馬雷霆（Oklahoma City Thunder）、 波特蘭拓荒者（Portland Trail Blazers）、 猶他爵士（Utah Jazz）
太平洋組	金州勇士（Golden State Warriors）、 洛杉磯快艇（Los Angeles Clippers）、 洛杉磯湖人（Los Angeles Lakers）、 鳳凰城太陽（Phoenix Suns）、 沙加緬度國王（Sacramento Kings）

NFL職業美足～總冠軍獎杯名稱：超級杯（Super Bowl）	
美國聯會（American Football Conference，AFC）	
東區	水牛城比爾（Buffalo Bills）、 邁阿密海豚（Miami Dolphins）、 新英格蘭愛國者（New England Patriots）、 紐約噴射機（New York Jets）
南區	休士頓德州人（Houston Texans）、 印第安納波利斯小馬（Indianapolis Colts）、 傑克遜維爾美洲虎（Jacksonville Jaguars）、 田納西巨神（Tennessee Titans）
西區	丹佛野馬（Denver Broncos）、 堪薩斯城酋長（Kansas City Chiefs）、 拉斯維加斯突擊者（Las Vegas Raiders）、 洛杉磯閃電（Los Angeles Chargers）
北區	巴爾的摩烏鴉（Baltimore Ravens）、 辛辛那提孟加拉虎（Cincinnati Bengals）、 克里夫蘭布朗（Cleveland Browns）、 匹茲堡鋼人（Pittsburgh Steelers）

國家聯會（National Football Conference，NFC）	
東區	達拉斯牛仔（Dallas Cowboys）、 紐約巨人（New York Giants）、 費城老鷹（Philadelphia Eagles）、 華盛頓美式足球隊 （Washington Football Team）
南區	亞特蘭大獵鷹（Atlanta Falcons）、 卡羅萊納黑豹（Carolina Panthers）、 紐奧良聖徒（New Orleans Saints）、 坦帕灣海盜（Tampa Bay Buccaneers）
西區	亞利桑那紅雀（Arizona Cardinals）、 洛杉磯公羊（Los Angeles Rams）、 舊金山49人（San Francisco 49ers）、 西雅圖海鷹（Seattle Seahawks）
北區	芝加哥熊（Chicago Bears）、 底特律雄獅（Detroit Lions）、 綠灣包裝工（Green Bay Packers）、 明尼蘇達維京人（Minnesota Vikings）
NHL北美冰球大聯盟～總冠軍獎杯名稱：史坦利杯	

歐洲各國職業足球俱樂部

英格蘭足球超級聯賽（英超）

利物浦（Liverpool Football Club）、

曼城（Manchester City Football Club）、

切爾西（Chelsea Football Club）、

兵工廠（Arsenal Football Club）、

曼聯（Manchester United Football Club）、

熱刺（Tottenham Hotspur Football Club）、

艾佛頓（Everton Football Club）、

西漢姆（West Ham United Football Club）、

萊斯特城（Leicester City Football Club）、

水晶宮（Crystal Palace Football Club）、

南安普敦（Southampton Football Club）、

班來（Burnley Football Club）、

紐卡索聯（Newcastle United Football Club）、

布萊頓（Brighton & Hove Albion F.C.）、

狼隊（Wolverhampton Wanderers Football Club）、

雪菲爾聯（Sheffield United Football Club）、

阿斯頓維拉（Aston Villa Football Club）

西班牙甲級足球聯賽（西甲）
皇家馬德里（Real Madrid C.F.，簡稱皇馬）、 巴塞隆納（FC Barcelona，簡稱巴薩）、 馬德里競技（Atletico de Madrid，簡稱馬競）、 瓦倫西亞（Valencia CF）、 赫塔費（Getafe CF）、 塞維利亞（Sevilla FC）、 畢爾包（Athletic Bilbao）、 皇家社會（Real Sociedad）、 貝提斯（Real Betis）、 阿拉維斯（Deportivo Alaves）、 埃瓦爾（SD Eibar）、 萊加內斯（CD Leganes）、 比利亞雷阿爾（Villarreal CF）、 萊萬特（Levante UD）、 瓦拉多利德（Real Valladolid）、 塞爾塔（Celta de Vigo）、 奧薩蘇納（CA Osasuna）、 格拉納達（Granada CF）、 馬約卡（RCD Mallorca）

義大利甲級足球聯賽（義甲）
祖文特斯（Juventus F.C.）、
國際米蘭（Inter milan，簡稱國米）、
亞特蘭大（Atalanta B.C.）、
拉齊奧（S.S.Lazio）、
羅馬（A.S. Roma）、
AC米蘭（A.C. Milan）、
拿坡里（S.S.C Napoli）、
薩斯索羅（U.S. Sassuolo Calcio）、
費倫天拿（ACF Fiorentina）、
帕爾馬（Parma Calcio 1913）、
維羅納（Hellas Verona Football Club s.p.a. 1903）、
波隆那（Bologna Football Club 1909）、
烏甸尼斯（Udinese Calcio S.p.A）、
卡利亞里（Cagliari Calcio）、
森多利亞（U.C. Sampdoria）、
拖連奴（Torino Football Club）、
熱拿亞（Genoa C.F.C）、
賓尼雲圖（Benevento Calcio）、
克羅托內（F.C. Crotone）、
斯佩齊亞（Spezia Calcio）

新聞詞彙，你用對了嗎？ — 運動篇

德國甲級足球聯賽（德甲）
奧格斯堡（FC Augsburg）、
柏林赫塔（Hertha, Berliner Sport-Club）、
柏林聯盟（1. FC Union Berlin）、
阿米尼亞比勒費爾德（Deutsche Sport-Club Arminia Bielefeld）、
文達不萊梅（Sportverein Werder Bremen）、
普魯士多特蒙德（Ballspiel-Verein Borussia 1909 e.V.）、
和睦法蘭克福（Eintracht Frankfurt Fusball AG）、
弗萊堡（Sport-Club Freiburg e. V.）、
霍芬海姆（TSG 1899 Hoffenheim）、
RB萊比錫（RasenBallsport Leipzig e. V.）、
科隆（1. FC Koln）、
拜耳勒沃庫森（Bayer 04 Leverkusen）、
梅因斯05（1. FSV Mainz 05）、
普魯士門興格拉德巴赫（VfL Borussia Monchengladbach）、
拜仁慕尼黑（Fusball-Club Bayern Munchen eingetragener Verein）、
沙爾克04（Fusball-Club Gelsenkirchen-Schalke 04）、
斯圖加特（Verein fur Bewegungsspiele Stuttgart 1893）、
狼堡（VfL Wolfsburg）

亞洲職業賽

日本職棒～總冠軍賽名稱：日本大賽（勝者稱「日本一」）

太平洋聯盟

福岡軟銀鷹（Fukuoka SoftBank Hawks）、
千葉羅德海洋（Chiba Lotte Marines）、
東北樂天金鷲（Tohoku Rakuten Golden Eagles）、
埼玉西武獅（Saitama Seibu Lions）、
北海道日本火腿鬥士（Hokkaido Nippon-Ham Fighters）、
歐力士猛牛（ORIX Buffaloes）

中央聯盟

讀賣巨人（Yomiuri Giants）、阪神虎（Hanshin Tigers）、
中日龍（Chunichi Dragons）、
橫濱DeNA海灣之星（Yokohama DeNA BayStars）、
廣島東洋鯉魚（Hiroshima Toyo Carp）、
東京養樂多燕子（Tokyo Yakult Swallows）

南韓職棒～總冠軍賽名稱：韓國大賽

樂天巨人（Lotte Giants）、三星獅（Samsung Lions）、
起亞虎（Kia Tigers）、斗山熊（Doosan Bears）、
韓華鷹（Hanwha Eagles）、SK飛龍（SK Wyverns）、
LG雙子（LG Twins）、培證英雄（Kiwoom Heroes）、
NC恐龍（NC Dinos）、KT巫師（KT Wiz）

二十五、技術用語

籃球

跳球、傳球、罰球、投籃、灌籃、籃板球、抄截、蓋火鍋（封阻投籃）、大三元、雙十、人盯人、區域防守、禁區、罰球線、三分線、回場、犯規、技術犯規、違例、畢業（犯規次數滿額）

棒球

攻	安打、全壘打〈紅不讓〉、陽春彈、兩分砲、三分砲、滿貫砲、場內全壘打、打擊率、上壘率、長打率、打點、打帶跑、不死三振、完全打擊、強迫取分、指定打擊、打席、首打席、打數、高飛犧牲打、犧牲短打、盜壘、背靠背、猛打賞
投	賽揚獎、優質先發、完投、完封、完全比賽、自責分、防禦率、牛棚、中繼成功、中繼點、救援成功、救援點、終結者、守護神、伸卡球（二縫線速球）、指叉球、滑球、曲球、卡特球（Cutter，切球）、投打二刀流
守	刺殺、封殺、阻殺、觸殺、牽制、失誤、捕逸
三拍子	打、跑、守俱優

網球

愛司、雙發失誤、破發球局、發球上網戰術、穿越球、
上旋球、下旋球（切球）、網前截擊、局末點、
盤末點、賽末點、直落二、直落三

足球

梅開二度、帽子戲法、戴帽、烏龍球、12碼罰球、
PK（互射12碼定勝負）、傷停補時、角球、自由球、
黃牌、紅牌、越位

桌球

執拍	直板、橫板（又稱刀板）
戰術	快攻（近台，前3板）、弧圈（中遠台）
膠皮	平面、顆粒（長、中、短3種）、ANTI（防弧膠皮）

羽球

底線球（長球）、上手球（含長球、殺球、切球）、
下手球（含挑球、放網）、繞頭球、平推球

體操

湯瑪斯迴旋〈鞍馬動作〉

高爾夫

發球台（Tee）、果嶺（Green）、球道（Fairway）、
長草區（Rough）、沙坑（Bunk）、障礙物（Bunker）、
木桿1號（Driver）、推桿（Putter）、鐵桿（Iron）、
標準桿（par）、桿弟（球童，Caddy）、
博蒂（Birdie，又稱小鳥，低於標準桿1桿）、
老鷹（Eagle，低於標準桿2桿）、
信天翁（Albatross或Double Eagle，低於標準桿3桿）、
柏忌（ Bogey，高於標準桿1桿）、
雙柏忌（Double Bogey，高於標準桿2桿）、
一桿進洞（Hole In One）

貼心提醒

	正確用法	錯誤用法
跆拳有道 Taegwondo	跆拳道	跆拳
羽球沒毛 Badminton	羽球	羽毛球
高爾夫沒球 Golf	高球、高爾夫	高爾夫球
賽事局、盤 使用國字	第一局 第三盤 九局上	第1局 第3盤 9局上
比賽、休閒 名稱不同	自由車	自行車

Chapter 5

新
冠
篇

二十六、COVID-19相關詞彙

機構

美國食品暨藥物管理局
（US Food and Drug Administration,FDA）

歐盟藥品管理局（European Medicines Agency,EMA）

歐盟數位新冠證明（EU Digital COVID certificate）

平台

COVID-19疫苗全球取得機制
（COVID-19 Vaccines Global Access,COVAX）

程序

緊急使用授權（Emergency Use Authorization,EUA）

藥廠／疫苗

已獲授權疫苗（至2021.6.7，可參與COVAX）

美國莫德納（Moderna）：疫苗 mRNA-1273

美國嬌生（Johnson & Johnson）子公司 Janssen：
疫苗 JNJ-78436735……簡稱JJ

美國輝瑞（Pfizer）／德國生技公司（BioNTech）：
疫苗 BNT162b2……簡稱BNT；台灣稱輝瑞疫苗

英國阿斯特捷利康（AstraZeneca）／牛津大學
（Oxford University）：疫苗 AZD 1222……簡稱AZ

中國北京科興（Sinovac）：疫苗CoronaVac

中國醫藥集團（Sinopharm）：疫苗 Inactivated virus
印度血清研究所（SII）／牛津大學／阿斯特捷利康：疫苗Covishield

美國諾瓦瓦克斯（Novavax）：疫苗 NVX-CoV2373
法國賽諾菲（Sanofi）／英國葛蘭素史克（GlaxoSmithKline, GSK）：抗體藥物 VIR-7831
中國康希諾生物（CanSino Biologics）：疫苗Ad5-nCoV
中國醫藥集團：疫苗Vero cell
中國康希諾生物／中國醫藥集團：疫苗BBIBP-CorV
中國醫學科學院醫學生物學研究所：科維福新型冠狀病毒滅活疫苗
中國復星醫藥／德國生技公司：復必泰疫苗BNT162b2……BioNTech授權上海復星在陸港台澳獨家開發
印度醫學研究委員會（ICMR）／印度國家病毒研究所（Bharat Biotech）／巴拉特生技公司（Bharat）：疫苗Covaxin
莫斯科Gamaleya研究院／俄羅斯國防部：疫苗「衛星－V」Sputnik V
台灣高端疫苗生物製劑：疫苗6547-TW
台灣國光生技：疫苗4142-TW
台灣聯亞生技：疫苗UB-612

新聞詞彙，你用對了嗎？ — 新冠篇

疫苗4大類型

全病毒疫苗（Whole virus vaccines）

滅活疫苗（Inactivated virus）

減毒疫苗（Weakened virus）

病毒載體重組疫苗（Viral-vector vaccines）

非複製型病毒載體疫苗（Non-replicating viral vector）

複製型病毒載體疫苗（Replicating viral vector）

蛋白質疫苗（Protein-based vaccines）

次單元疫苗（Protein subunit）

病毒樣顆粒疫苗（Virus-like particles）

核酸疫苗（Nucleic-acid vaccines）

DNA疫苗（DNA vaccine）

RNA疫苗（RNA vaccine）

新冠病毒疫苗類型＆現有疫苗

滅活病毒疫苗（Inactivated vaccine）

中國北京科興：CoronaVac

中國醫藥集團：Inactivated virus

中國康希諾生物／中國醫藥集團：BBIBP-CorV

中國醫學科學院醫學生物學研究所：
科維福新型冠狀病毒滅活疫苗

印度醫學研究委員會／印度國家病毒研究所：Covaxin

病毒載體疫苗（Viral vector vaccine）

英國阿斯特捷利康／牛津大學：AZD 1222

美國嬌生：JNJ-78436735
印度血清研究所／牛津大學／阿斯特捷利康：Covishield
中國康希諾生物：Ad5-nCoV
俄羅斯「衛星－V」：Sputnik V

蛋白質次單元疫苗（Subunit vaccine）
美國諾瓦瓦克斯： NVX-CoV2373
法國賽諾菲／英國葛蘭素史克：VIR-7831
台灣高端疫苗生物製劑：6547-TW
台灣聯亞生技：UB-612
台灣國光生技：4142-TW

信使核糖核酸疫苗（mRNA vaccine）
美國輝瑞／德國生技公司：BNT162b2
美國莫德納：mRNA-1273

變種病毒異株

須留意變異株（variants of interest, VOI）
Kapp……印度變異株B.1.617.1
其他：Epsilon、Zeta、Eta 、Theta、Iota

高關注變異株（variants of concern, VOC）
Alpha……英國變異病毒株B.1.1.7
Beta……南非變種病毒株B.1.351
Gamma……巴西變種病毒株P.1
Delta……印度變種病毒株B.1.617.2
Omicron……南非變種病毒株B.1.1.529

相關用語

COVID-19：

CO～corona（冠狀）、VI～virus（病毒）、
D～disease（疾病）、-19～2019年發生

注：世界衛生組織2020年2月12日將此病毒引起的疾病命名爲 COVID-19

病毒（virus）

新型冠狀病毒（novel Coronavirus）

爆發（outbreak）

大流行（pandemic）

確診病例（confirmed case）

傳播、蔓延（transmission / spread）

飛沫（droplet）

症狀（symptom）

潛伏期（incubation period）

感染、患上（contract / catch / be infected with）

隔離（isolation）

檢疫（quarantine）

預防、預防措施（precaution）

疫苗（vaccine）

疫苗友誼（Vaccine Friendship）

抗體（antibody）

感染（infection）

核醣核酸（mRNA） 注：全名為信使 RNA（messenger RNA）
腺病毒（adenovirus）
棘蛋白（spike protein）
重組蛋白（recombinant protein）
變種病毒（Variant virus）
免疫橋接（immune-bridging）

新聞詞彙，你用對了嗎？

編輯群	妙熙法師、劉延青、覺涵法師、妙傑法師、李甄彥、蕭涵友
社長	妙熙法師
美術設計	林鎂琇、魏芬、妙真法師
封面設計	林鎂琇

出版者	福報文化股份有限公司
發行	人間福報社股份有限公司
	http://www.merit-times.com
地址	台北市信義區松隆路327號5樓
電話	02-87877828
傳真	02-87871820
	newsmaster@merit-times.com

總經銷	時報文化出版企業股份有限公司
地址	桃園市龜山區萬壽路2段351號
電話	02-23066842
法律顧問	舒建中

劃撥帳號	19681916
戶名	福報文化股份有限公司
初版一刷	2022年5月
定價	新台幣320元
ISBN	978-986-91811-8-1

國家圖書館出版品預行編目（CIP）資料

新聞詞彙,你用對了嗎? / 妙熙法師, 劉延青,
覺涵法師, 妙傑法師, 李甄彥, 蕭涵友編輯.
-- 初版. -- 臺北市：福報文化股份有限公司出版：
人間福報社股份有限公司發行, 2022.05
面； 公分

ISBN 978-986-91811-8-1(平裝)
1.新聞寫作

895.4 110009766